中国教育学会中学语文教学专业委员会专家审定

PUXIJIN
SHIXUAN

普希金诗选

【俄国文坛流传百世的精品诗歌】

〔俄〕普希金◎著

《青少年经典阅读书系》编委会◎主编

首都师范大学出版社

CAPITAL NORMAL UNIVERSITY PRESS

图书在版编目（CIP）数据

普希金诗选／《青少年经典阅读书系》编委会主编.—北京：
首都师范大学出版社,2011.11（2025 年 2 月重印）

（青少年经典阅读书系.文学名著系列）

ISBN 978-7-5656-0509-3

Ⅰ.①普… Ⅱ.①青… Ⅲ.①诗集-俄罗斯-近代
Ⅳ.①I512.24

中国版本图书馆 CIP 数据核字（2011）第 222676 号

普希金诗选

《青少年经典阅读书系》编委会 主编

策划编辑　　徐建辉

首都师范大学出版社出版发行

地　　址　北京西三环北路 105 号

邮　　编　100048

电　　话　68418523（总编室）　68418521（发行部）

网　　址　www.cnupn.com.cn

印　　厂　廊坊市安次区团结印刷有限公司

经　　销　全国新华书店发行

版　　次　2012 年 7 月第 1 版

印　　次　2025 年 2 月第 6 次印刷

书　　号　978-7-5656-0509-3

开　　本　710mm×1000mm　1/16

印　　张　12

字　　数　154 千

定　　价　42.00 元

总　序

Total order

　　被称为经典的作品是人类精神宝库中最灿烂的部分，是经过岁月的磨砺及时间的检验而沉淀下来的宝贵文化遗产，凝结着人类的睿智与哲思。在滔滔的历史长河里，大浪淘沙，能够留存下来的必然是精华中的精华，是闪闪发光的黄金。在浩瀚的书海中如何才能找到我们所渴望的精华——那些闪闪发光的黄金呢？唯一的办法，我想那就是去阅读经典了！

　　说起文学经典的教育和影响，我们每个人都会立刻想起我们读过的许许多多优秀的作品——那些童话、诗歌、小说、散文等，会立刻想起我们阅读时的那种美好的精神享受的过程，那种完全沉浸其中、受着作品的感染，与作品中的人物，或者有时就是与作者一起欢笑、一起悲哭、一起激愤、一起评判。读过之后，还要长时间地想着，想着……这个过程其实就是我们接受文学经典的熏陶感染的过程，接受文学教育的过程。每一部优秀的传世经典作品的背后，都站着一位杰出的人，都有一个高尚的灵魂。经常地接受他们的教育，同他们对话，他们对社会与对人生的睿智的思考、对美的不懈的追求，怎么会不点点滴滴地渗透到我们的心灵，渗透到我们的思想和感情里呢！巴金先生说："读书是在别人思想的帮助下，建立自己的思想。""品读经典似饮清露，鉴赏圣书如含甘饴。"这些话说得多么恰当，这些感

总 序

Total order

受多么美好啊！让我们展开双臂、敞开心灵，去和那些高尚的灵魂、不朽的作品去对话，交流吧，一个吸收了优秀的多元文化滋养的人，才能做到营养均衡，才能成为精神上最丰富、最健康的人。这样的人，才能有眼光，才能不怕挫折，才能一往无前，因而才有可能走在队伍的前列。

"首师经典阅读书系"给了我们一把打开智慧之门的钥匙，会让我们结识世界上许许多多优秀的作家作品，会让这个世界的许多秘密在我们面前一览无余地展开，会让我们更好地去感悟时间的纵深和历史的厚重。

来吧！让我们一起品读"经典"！

国家教育部中小学继续教育教材评审专家
中国教育学会中学语文教学专业委员会秘书长　苏立康

丛书编委会

丛书策划　李佳健
　　　　　王　安
主　　编　李佳健
副 主 编　张　蕾
编　　委（排名不分先后）
　　　　　张　蕾　李佳健　安晓东　王　晶　高　欢
　　　　　徐　可　李广顺　刘　朔　欧阳丽　李秀芹
　　　　　朱秀梅　王亚翠　赵　蕾　黄秀燕　王　宁
　　　　　邱大曼　李艳玲　孙光继　李海芸

阅读导航

亚历山大·谢尔盖耶维奇·普希金是俄国浪漫主义文学的杰出代表，是批判现实主义文学的奠基人，被称为"俄罗斯诗歌的太阳"，誉为"俄罗斯文学之父"。按屠格涅夫的说法，他不但创造了俄国的语言，还创造了俄国文字。

普希金 1799 年 6 月 6 日（俄历 5 月 26 日）出生于莫斯科一个贵族家庭。他的童年是在充满着诗歌和文学的氛围中度过的。除了爱好文学的父辈们对普希金产生的影响外，特别值得一提的是普希金的奶妈阿琳娜·罗季翁诺夫娜，这位农奴出身的善良妇女，不但用乳汁哺育了普希金，而且用民间文学和人民语言的养料培育了普希金，使他和他的诗具有鲜明的个性。

首先是真诚。别林斯基指出，普希金的诗的特征之一，那使他和以前的诗派严格区别的东西，是他的诚恳。所以别林斯基特别提出"真情"这一概念来评论普希金的诗歌。

与真诚密切相联系，普希金诗歌的另一个显著特点就是自然、朴素而优雅。普希金真正把它们统一在一起，这就是普希金的高超之处。普希金的秘诀在于，他的情感"不仅是人的情感，而且是作为艺术家的人的情感"，这样，诗的品位在很大程度上就取决于艺术家情感和思想的品位了，或者说取决于诗人的思想和艺术的素质了。别林斯基认为："在这一方面，可以把普希金的诗比作因感情和思想而变得炯炯有神的眼睛的美，如果您夺去使这双眼睛变得炯炯有神的感情和思想，它们只能是美丽的眼睛，却不再是神奇和秀美的眼睛了。"

普希金的诗歌在语言上的最大特点就是简洁和独特的音韵美。普希金的诗从一开始就表现出异乎寻常的简练。这也许是和他的自然朴素之风相联系的。果戈理谈到普希金的诗时指出："这里没有华丽的辞藻，这里只有诗；没有任何虚有其表的炫耀。一切都简朴，一切都雍容大方，一切都充满含而不露的绝不会突然宣泄而出的光彩；一切都符合纯正的诗所永远具有的言简意赅。"

普希金在综合前辈诗人创作成果的基础上，形成了自己独特的音韵美。别林斯基认为普希金的诗所表现的音调的美和俄语的力量达到了令人惊异的地步："它像海波的喋喋一样柔和、优美，像松脂一样浓厚，像闪电一样鲜明，像水晶一样透明、洁净，像春天一样芬芳，像勇士手中的剑击一样有力。"

普希金的诗歌在情调和风格上表现出来的又一特点是一种忧郁，这是一种明朗的忧郁，一种"深刻而又明亮的悲哀"。普希金的忧郁，自然与他无时不在思考相联系。赫尔岑说，普希金的缪斯"是一个热情洋溢的女神，她太富于真实感了，所以无须再寻找虚无缥缈的感情，她的不幸太多了，所以无须再虚构人工的不幸……"就这一点而言，他的忧郁与哈姆莱特式的忧郁或拜伦式的忧郁不无相通之处，也就是说是一种社会性的忧郁。这里所说的忧郁主要是一种艺术风格，一种诗意的情调，它虽然与忧愁、哀伤乃至悲惨的生活内容相关，但它仍然主要是一种美学的或者说是一种审美的效果。生活中的忧郁在普希金情感的熔炉中经受冶炼以后成为一种美，它远高于那种具体的、世俗的忧愁和哀伤，它唤起的不仅仅是忧郁，而且是思索、力量和美感。

目录

目录

目录

　　这首诗是普希金最早发表、最早引起社会反响的诗作。由对皇村、对祖国历史的"回忆"开始，普希金登上了诗坛。他回忆的是民族历史中的永恒，同时，他的"回忆"也成为了永恒。皇村，位于彼得堡郊外，是沙皇和贵族的行宫所在地。皇村中有一所著名的贵族中学，即皇村中学。这所学校的升学需要考试，而考试科目之一就是当众朗诵一首自己写作的诗，此诗便是普希金由初级班升入高级班时所作的。

　　　　睡意蒙眬的苍穹上
　　　　挂起了阴沉的夜幕；
　　万籁俱寂，空谷和丛林都安睡了，
　　　　远方的树林笼罩着白雾；
　　小溪潺潺，流入丛林的浓荫，
　　微风徐徐，已在树梢上入梦，
　　娴静的月亮好像富丽的天鹅
　　　　飘浮在银白色的云朵中。

　　　　瀑布从嶙峋的山石上
　　　　像碎玉河直泻而下，
　　在平静的湖水里，神女们泼弄着
　　　　微微荡漾的浪花；
　　远处，宏伟的殿堂悄然无声，
　　凭借拱顶，直上云端。

这里不是世上神仙享乐的所在吗？

　　这不是俄国密涅瓦的宫殿？

　　这不是皇村花园——
　　美丽的北国天堂？
俄国的雄鹰战胜狮子，就长眠在
　　这和平安乐的地方！
那些辉煌的时代一去不复返了，
当年，仰赖伟大女人的权杖，
幸福的俄罗斯威名赫赫，
　　天下安定，繁荣兴旺！
　　在这里，每走一步，
　　都会引起对往昔的回忆；
一个俄国人环顾四周，叹息说：
　　"伟人不在了，一切都成为过去！"
于是悄然坐在肥沃的岸上，
陷入沉思，倾听着风声，
逝去的岁月在眼前一掠而过，
　　他满怀平和的赞喜之情。

　　他看到：在汹涌的波涛之间，
　　在长满苔藓的坚硬的岩石上，
耸立着一座纪念碑。一只年轻的鹰
　　蹲在碑上，伸展开翅膀。
沉重的铁链和闪电的光芒
在威严的圆柱上绕了三圈；
柱脚周围，白头浪轰隆作响，
　　然后平息在闪光的泡沫里边。

在蓊郁的松林的浓荫里
　　竖立着一座朴素的纪念碑。
啊，它给亲爱的祖国带来了光荣，
　　对加古尔河却是莫大耻辱！
啊，俄罗斯的巨人，你们将永垂不朽！
你们曾在战争的风云中锻炼成长。
啊，叶卡捷琳娜的股肱和功臣，
　　你们的名字将百世流芳。

　　啊，战争的光荣时代，
　　你是俄罗斯的荣耀的见证人！
你看到奥尔洛夫、鲁勉采夫、苏沃洛夫——
　　斯拉夫这些英武的子孙——
怎样靠宙斯的雷电取得胜利；
他们的奇绩使全世界大为震惊。
杰尔查文和彼得罗夫用响亮的竖琴
　　歌颂这些英雄的战功。

　　你这难忘的时代过去了！
　　可是不久，新时代接着降临，
它看到的是新战争和战争的恐怖；
　　苦难已成为世人的命运。
一个靠诡计和鲁莽上台的皇帝
用凶恶的手举起血腥的宝剑，
人间的灾星出现了，马上燃起
　　新战争的可怕烽烟。

　　敌人像浩荡的洪水
　　淹没了俄国的土地。

在他们面前，阴郁的草原在沉睡，
　　田野蒸发着血腥气。
和平的城市和村庄在黑夜里燃烧，
周围的天空被照得一片火红，
密林成了难民的藏身之地，
　　铁犁锈了，在地里闲着无用。
　　敌人横冲直撞，不可阻挡，
　　烧杀劫掠，一切都化为灰烬。
柏洛娜战死的子孙的幽灵
　　化成飘忽无形的大军，
不断地走进阴暗的坟墓，
或寂静的夜里在林中游荡……
听，杀声四起！……有人从雾蒙蒙的远方来了！
　　盔甲和宝剑撞得叮当响！……

　　闻风丧胆吧，异族的军队！
　　俄罗斯的儿女发起进攻；
不分老幼，起来奋勇杀敌，
　　他们心中复仇之火正红。
发抖吧，暴君！你的末日到了！
你将看到个个战士都是好汉；
他们不打败你，就死在战场，
　　为了罗斯，为了神圣的祭坛！

　　战马嘶鸣，跃跃欲试，
　　山谷里布满兵将，
一队跟着一队，人人要复仇和光荣，
　　欣喜之情充满胸膛。

他们奔赴一场恶宴；剑要杀人，
于是战斗开始了；山冈上炮声震天，
在滚滚烟尘中宝剑和飞矢呼啸，
　　鲜血往盾牌上迸溅。

　　一场血战。俄国人胜利了！
　　傲慢的高卢人纷纷逃窜！
但在天之主对这个善战的枭雄
　　还恩赐了最后的希望一线，
白发将军，没能在这里打败他；
啊，鲍罗金诺血洗的战场！
你没能降伏敌人的猖狂和高傲！
　　噫，高卢人上了克里姆林城墙！……

　　莫斯科啊，亲爱的家乡，
　　当我的年华像早霞初升，
就曾在这里虚掷了宝贵时光，
　　不知道什么叫痛苦和不幸；
如今你看到了我们祖国的敌人，
你被大火吞没，被鲜血染红，
而我却未能为你报仇而捐躯，
　　只是空自怒火填膺！……

　　莫斯科啊，你的百头的美，
　　故城的姿色如今在哪里？
从前呈现在眼前的富丽的京城
　　现在只剩下残垣断壁；
莫斯科啊，你凄惨的景象真怕人！
皇宫和王府都被夷为平地，

都被大火烧了。塔顶的桂冠黯然失色，
　　富人的楼阁都已颓圮。

　　那里原是豪华的所在，
　　处处有园林、浓荫匝地，
桃金娘馥郁芬芳，椴树随风摇曳，
　　如今变成了焦土和瓦砾，
在美妙的夏夜，宁静的时刻，
快活的喧闹声再也飞不到那里，
岸边和树林再也没有灯火闪烁，
　　一切都灭绝了，一片沉寂。

　　宽心吧，俄国的诸城之母，
　　且看侵略者的下场。
如今上帝复仇的右手已沉重地
　　压在他们傲慢的脖颈上。
看，敌人在逃跑，连头也不敢回，
他们的鲜血在雪地上流成了河，
他们在逃——俄国的剑从后面追赶，
　　黑夜里等着他们的是死亡和饥饿。

　　啊，你们这些残暴的高卢人！
　　竟然也被欧洲强大的民族
吓得发抖。可怕呀，真是严峻的时代！
　　连你们也走进了坟墓。
你这柏洛娜和幸运的宠儿哪里去了？
你蔑视信仰、法律和正义的呼声，
你妄图用宝剑砍倒各国的王位。
　　你消失了啊，像早晨的噩梦！

俄国人在巴黎！复仇的火把在哪儿？

高卢，快低下你的头吧！

这是什么景象？俄国人带来了

金黄的橄榄和和解的微笑。

远处战争轰鸣，莫斯科一片凄凉，

就像草原笼罩在北国的寒雾之中，

俄国人带来的不是毁灭，而是拯救

和造福大地的和平。

啊，富有灵感的俄罗斯歌手，

你歌颂过威武的战阵，

请你怀着热烈的心，为同行们

弹奏一曲黄金的竖琴！

再用和谐的琴声把英雄歌唱，

高傲的琴弦会把一团火送进心中；

年轻的士兵听到你这战斗的歌声，

他们的心就会颤抖和沸腾。

王士燮　译

▌情境赏析▌

关于祖国和民族英雄历史的赞歌。一个15岁的学生，在自己的处女诗作中居然体现出了如此深重的历史感，这不能不让人惊叹！漫步在皇村，目睹多个朝代的雕像和纪念碑，年轻的诗人敏锐地感觉到"在这里，每走一步／都会引起对往昔的回忆"。回忆充满着自豪和骄傲。悠长的句式，颂歌语体，崇敬的主观抒情态度，让人感到了古典主义赞美诗的典型氛围。从这里，我们不难感受到普希金对以古典主义为主的俄国文学传统的把握和继承。

俄国古典主义文学的代表杰尔查文听完普希金的朗诵后激动得泪流满面，他曾预言："这就是那将要接替杰尔查文的人！"后来，普希金真的成了一个时代诗坛的主宰。

这首诗的形式是地道的杰尔查文式的颂歌，其内容少了古典主义常有的忠君思想，而多了些对具体的民族英雄的歌颂和对自由的激情呼唤。

▎名家点评▎

在我们的诗人中，没有一个人比得上他，而且也没有一个人能更适宜于被称为民族诗人……他像一部词典一样蕴藏着我们语言中的全部财富、力量和智慧。他比一切人都更加广阔地展示了我们的语言的界限……在他身上，俄国大自然、俄国语言、俄国精神、俄国性格反映得这样清晰、这样净美……

——（俄）果戈理

　　《给娜塔莎》是普希金最早的抒情诗之一，这是献给一位公爵小姐的侍女娜塔莎的诗作。娜塔莎在盛夏的皇村与诗人初次相遇，于是普希金暗暗地爱上了娜塔莎。这虽然是一首失恋诗，但写得通体透明，丝毫没有绝望和沉闷的感觉，可以说"简朴和明朗"是这首诗的风格，而这也是普希金诗歌最突出的美学特征。

美丽的夏天衰萎啦，衰萎啦；
明朗的日子正飞逝过去；
在松林微睡的阴影中；
阴霾的云雾在弥漫延长。
肥沃的田地荒凉了；
嬉戏的溪涧寒冷起来；
浓茂的树林斑白了；
连苍穹也显得暗淡无光。

　　娜塔莎——我的光亮！你现在哪儿？
我怎能不流着辛酸的泪？
难道你就不肯和你心上的朋友
共享一会儿时光？
无论在起着涟漪的湖上，
无论是清晨还是夜晚的时分，
在菩提树的清香覆盖下，
我都遇不见你的踪影。

不久，不久，冬天的寒冷
就要访问灌木林和田野，
在充满烟气的茅舍里，
马上就会射出明亮的火光。
我看不见我的美人儿啦！
我将像关在笼子里的一只金丝雀，
坐在家里面悲伤，
尽在将娜塔莎思念回想！

戈宝权　译

▌情境赏析▌

全诗分为三节，第一节主要写离去，第二节写不见，第三节写的是怀念。若从时间角度看，第一节写过去（夏天），第二节写现在（秋天），第三节写将来（冬天）。这三节是连贯一体的，形成一种明暗的对比。在明媚的"夏天衰萎啦"之后，"暗淡无光"的秋天来到了，而"娜塔莎——我的光亮"也不见了影踪。在俄国，人们常用光明、光亮来指心上人。而在普希金诗中，这一表达爱的习惯的称谓又被赋予一种强化对比的功能："我的光亮"随夏天而去，秋天也显得暗淡了，而"我"心中的"明亮"的光，将"射出"，伴"我"回想度过寒冬。

梦　幻　者

月儿在天空悄悄滑行，
　丘陵上夜色一片朦胧，
向着水面降下了寂静，

从谷壑里吹来了微风；
在幽暗的丛林的荒地，
　　春天的歌者默默无声，
牧群在田野里鼾睡，
　　午夜飞逝着那么安静。

安适宜人的小房间
　　笼罩着深夜的暗影，
壁炉中的余火奄奄，
　　残烛也已经燃尽；
在朴素的神龛间
　　供奉着家神的圣像，
在泥塑的神像前
　　一盏神灯发着微光。

用手支托着头颅，
　　我依靠在孤榻上，
头脑里恍恍惚惚
　　沉湎于甜蜜的遐想；
在神秘的夜幕中，
　　借着淡淡的月光，
生着双翼的幻梦，
　　成群结队敏捷地飞降。

悠扬而低低的歌声，
　　在金色琴弦上轻轻回荡，
在这幽暗的静谧中，
　　少年幻想者在歌唱；
他满怀深沉的烦恼

和默默无言的灵感，
手指在飞速地弹跳，
拨弄着知音的琴弦。

幸运者无须乞求上帝，
让幸福光临他的陋室！
他不受暴风雨的侵袭，
宙斯是他忠实的卫士；
在那慵懒的寂静中，
他甜美的睡意正浓，
响彻云霄的军号声
也休想把他唤醒。
荣誉之神将盾牌敲得铮铮响，
威武的姿态气度不凡，
她挥动染着鲜血的手掌，
从远处向我频频召唤；
任凭军旗迎风猎猎飘扬，
人们厮杀在浴血的战场，
唯有宁静使我十分欢畅，
决不为追求荣誉而奔忙。

我平静地避居荒野深处，
与世无争地苦度光阴，
上帝赐我以诗人天赋，
赠我一把无价的竖琴。
真诚的缪斯陪伴着我：
女神啊，我赞颂你！
这荒凉的原野和茅舍

因你的莅临无比美丽。

金色日子的曙光初现，
　　　你就庇护了歌者，
用娇嫩的桃金娘花冠
　　　覆盖了他的前额。
你放射着天庭的光芒
　　　飞进朴素的小屋里，
俯身在孩子的摇篮上
　　　轻轻地屏住呼吸。
作为我青春的旅伴，
　　　愿你随我直到墓旁！
展开羽翼，带着梦幻
　　　在我头顶之上飞翔；
把阴沉的痛楚驱逐，
　　　俘获我吧……用你的幻象，
透过那层层迷雾，
　　　为生活指出明媚的远方！

我临终的时刻将很宁静，
　　　善良的死神来访，
轻叩我的门扉，细语声声：
　　　"是时候了，快去冥乡！"
宛如冬天傍晚的甜美的梦
　　　进入那和平安乐之邦，
罂粟花冠戴在头顶，
　　　俯身扶着慵懒的手杖……

韩志洁　译

致一位画家

美惠三女神和灵感之子，
趁你满怀火一样的激情，
请用你巧夺天工的画笔
为我绘制我的心上人。

天女纯真无疵的美貌，
甜蜜的有所希冀的神情，
无比美妙的惬意的微笑，
加上美丽超凡的眼睛。

让维纳斯的丝带缠绕
她那如同赫柏的柳腰，
用阿利班的妙笔细雕
我那公主的含蓄的娇娆。

透明的薄纱的轻波细浪
披在她的起伏的胸上，
好让她轻轻地呼吸，
还可以暗暗地叹息。

请画出渴望爱情的娇羞。
我将为我所倾慕的少女
以幸福的恋人的手
在下面签上我的名字。

韩志洁　译

　　玫瑰，常常被人们看作青春的象征，也被认为是爱情的象征。但是，花开花落，再美的花也总会有凋零的时候。然而，玫瑰的凋谢，似乎更易引起无数的惋惜和感慨。

我们的玫瑰在哪里，

我的朋友们？

玫瑰凋谢啦，

这曙光之子。

不要说：

"青春就这样衰萎啦！"

不要说：

"这就是人生的欢乐！"

要向花儿说：

"再见吧，我怜惜你！"

并且指给我们看，

百合花正在那儿开放。

戈宝权　译

情境赏析

　　说"青春就这样衰萎啦！"这是一种悲观；说"这就是人生的欢乐！"更是一种深刻的绝望。所以诗人告诉你"不要说"，而要求你，在玫瑰凋零时，向它道个别，然后再找一朵别的花，"并且指给我们看"。

百合花的形象既是作为玫瑰的替代而出现的，也是作为玫瑰的对立物而开放的。据研究，普希金这首诗中的两朵花形象，分别取自维亚泽姆基的《致友人》一诗中作为青春象征的玫瑰和卡拉姆津《一个俄国旅行家的书简》中作为不凋谢的美和生命力象征的百合花。

名家点评

在普希金的任何情感中永远有一种特别的、温和的、柔情的、馥郁的、优雅的东西。因此看来，阅读他的作品是培育人的最好的方法，对于青年男女有特别的益处。

—— （俄）别林斯基

普希金写这首诗时，刚刚 16 岁。16 岁的少年早已有了对爱情的向往和追求，这便是他为初恋所作的歌者唱出的歌，而与这首诗同一时期的诗作总共有 20 首。

你可曾听见林中歌声响在夜阑，
一个歌者在诉说着爱情与伤感？
清晨的时光，田野静悄悄，
芦笛的声音淳朴而又幽怨，
　　你可曾听见？

你可曾见过他，在那幽暗的林间，
一个歌者在诉说着爱情与伤感？
你可曾看到他的泪水、他的微笑，
他愁绪满怀，他目光暗淡，
　　你可曾发现？

你可曾感叹，当你听到歌声低缓，
一个歌者在诉说着爱情与伤感？
当你在林中遇到了那个青年，
他的眼中已熄灭了青春的火焰，
　　你可曾感叹？

丘　琴　译

▌情境赏析▐

普希金写的这首诗，与茹科夫斯基在 1811 年写的歌唱"一位可怜的歌者"（《歌者》）一诗有关，而且开头的问话句的形式，也是模仿茹科夫斯基的诗句。普希金在皇村学校读书时，曾热恋着同学巴库宁的姐姐、宫廷女官巴库宁娜，他在 1815 年 11 月 29 日的日记中写道：

"我曾经幸福过！……不，我昨天并不幸福；我一大早就被一种期望所折磨着，我以一种无法描写的激动，站在小窗口，看着铺盖着白雪的道路——没有见到她的踪影！——最后，我失掉了希望，突然间我意外地在楼梯上同她相遇，——多么甜蜜的时辰啊！"

用下面的两句诗来评价这首诗再恰当不过了：

他歌唱着爱情，但声音是悲伤的。

唉！他知道的爱情只是一种痛苦！

▌名家点评▐

这里没有华丽的辞藻，这里只有诗；没有任何虚有其表的炫耀。一切都简朴，一切都雍容大方，一切都充满含而不露的决不会突然宣泄而出的光彩；一切都符合纯正的诗所永远具有的言简意赅。

——（俄）果戈理

别　离

是最后一次了，离群索居，

我们的家神在听我的诗句。

　　学生生活的亲密弟兄，
我同你分享这最后的瞬息。
　　聚首的岁月倏忽而过；
　　就要分散了，我们忠实的团体。
　　　　再见吧！上天保佑你，
　　亲爱的朋友啊，你千万
　　　　不要同自由和福玻斯分离！
　　你将探知我所不知的爱情，
　　那充满希望、欢乐、陶醉的亲昵：
　　你的日子像梦一般飞逝，
　　在幸福的恬静中过去！
再见吧！无论我到哪里：处在战火纷飞中，
或重访故乡小溪的和平宁静的堤岸，
　　这神圣的友谊我将永怀心间。
但愿（不知道命运能否听到我的祷告声），
但愿你所有、所有的朋友都幸福无边！

魏荒弩　译

再见吧，忠实的槲树林

　　再见吧，忠实的槲树林！
　　再见吧，你田野无忧的平静
　　和匆匆流逝的岁月的
　　那种轻捷如飞的欢欣！
　　再见吧，三山村，在这里

欢乐多少次和我相遇！
难道我领略到你们的美妙，
只是为了永远和你们分离？
我从你们身边把回忆带走，
却将一颗心留在了这里。
也许（幸福甜蜜的梦想啊！）
我，和蔼可亲的自由、欢乐
和优雅、智慧的崇拜者，
我还要回到你这田野中，
还要在槲树荫下走动，
还要爬上你三山村的高坡。

致　她

在悠闲的愁苦中，我忘记了竖琴，
梦想中想象力也燃不起火星，
我的才华带着青春的馈赠飞去，
心也慢慢地变冷，然后紧闭。
啊，我的春天的日子，我又在召唤你，
你，在寂静的荫庇下飞逝而去的
友谊、爱情、希望和忧愁的日子，
当我，平静的诗歌的崇拜者，
用幸福的竖琴轻轻歌颂
别离的忧郁，爱情的激动——
那密林的轰鸣在向高山

　　　　传播我的沉思的歌声……
无用！我负担着可耻的怠惰的重载，
不由得陷入冷漠的昏睡里，
我逃避着欢乐，逃避亲切的缪斯，
泪眼涔涔地抛别了荣誉！
　　　但青春之火，像一股闪电，
　　　蓦地把我萎靡的心点燃，
　　　我的心苏醒，复活，
重又充满爱情的希望、悲伤和欢乐。
一切又神采奕奕！我的生命在颤抖；
作为大自然重又充满激情的证人，
我感觉更加生动，呼吸更加自由，
　　　美德更加迷恋着我的心……
　　　要赞美爱情，赞美诸神！
又响起甜蜜竖琴的青春的歌声，
我要把复活的响亮而颤抖的心弦
　　　呈献在你的足边！……

　　　　　　　　　　　　　魏荒弩　译

　　《自由颂》是普希金第一篇歌颂自由的诗篇，是他最早产生广泛社会影响的反专制暴政的檄文，也是他遭到流放的原因。

　　这首诗是在尼古拉·屠格涅夫家写成的。他家住在保罗一世遇难的米歇尔王宫的对面，能看见保罗一世遇难的宫殿，因而对宫廷阴谋写得有声有色。

去吧，快躲开我的眼睛，
你西色拉岛娇弱的皇后！
你在哪里呀，劈向沙皇的雷霆，
你高傲的自由的歌手？
来吧，揪下我头上的桂冠，
把这娇柔无力的竖琴砸烂……
我要向世人歌颂自由，
我要抨击宝座的罪愆。

请给我指出那个高尚的
高卢人的尊贵的足迹，
是你在光荣的灾难中
怂恿他唱出勇敢的赞美诗句。
颤抖吧，世间的暴君！
轻佻的命运的养子们！
而你们，倒下的奴隶！
听啊，振奋起来，去抗争！

唉！无论我向哪里去看，
到处是皮鞭，到处是锁链，
法律蒙受致命的羞辱，
奴隶软弱的泪水涟涟；
到处是非正义的权力，
在偏见的浓重的黑暗中
登上高位——这奴役的可怕天才，
和光荣的致命的热情。

要想看到沙皇的头上
没有人民苦难的阴影，
只有当强大的法律与
神圣的自由牢结在一起，
只有当它的坚盾伸向一切人，
只有当它的利剑，被公民们
忠实可靠的手所掌握，
一视同仁地掠过平等的头顶，

只有当正义的手一挥，
把罪恶从高位打倒在地；
而那只手，不因薄于贪婪
或者恐惧，而有所姑息。
统治者们！不是自然，是法律
把王冠和王位给了你们，
你们虽然高居于人民之上，
但永恒的法律却高过你们。

灾难啊，各民族的灾难，
若是法律瞌睡时稍不警惕，

若是只有人民，或帝王
才有支配法律的权力！
啊，光荣的过错的殉难者，
如今我请你出来做证，
在不久前的喧闹的风暴里，
你帝王的头为祖先而牺牲。

作为一个无言的后代，
路易高高升起走向死亡，
他把失去了皇冠的头垂在
背信的血腥的断头台上。
法律沉默了——人民沉默了，
罪恶的刑斧自天而降……
于是，这个恶徒的紫袍
覆在戴枷锁的高卢人身上。

你这独断专行的恶魔！
我憎恨你和你的宝座，
我带着残忍的喜悦看见
你的死亡和你儿女的覆没。
人们将会在你的额角
读到人民咒骂的印记，
你是人间的灾祸、自然的羞愧，
你是世上对神的责备。

当午夜晴空里的星星
在阴暗的涅瓦河上闪烁，
当宁静的梦，沉重地压在
那无忧无虑的前额，

沉思的诗人却在凝视着
那暴君的荒凉的丰碑
和久已废弃了的宫阙
在雾霭中狰狞地沉睡——

他还在这可怕的宫墙后
听见克利俄骇人的宣判,
卡里古拉的临终时刻
生动地出现在他的眼前,
他还看见,走来一些诡秘的杀人犯,
他们身佩着绶带和勋章,
被酒和愤恨灌得醉醺醺,
满脸骄横,心里却一片恐慌。

不忠实的岗哨默不作声,
吊桥被悄悄地放了下来,
在黝黑的夜里,两扇大门
已被收买的叛逆的手打开……
啊,可耻!我们时代的惨祸!
闯进了一群野兽,土耳其的雄兵!……
不光荣的袭击已经败落……
戴王冠的恶徒死于非命。

啊帝王,如今你们要吸取教训:
无论是奖赏,还是严惩,
无论是监狱,还是祭坛,
都不是你们牢固的栅栏。
在法律可靠的荫庇下,
你们首先要把自己的头低下,

只有人民的自由和安宁，

才是宝座的永恒的卫兵。

魏荒弩　译

情境赏析

　　普希金是冒着杀头的危险写出这样大胆的叛逆诗的，这在当时的作家中是难以找出第二个人的，这充分显示了普希金反对专制暴政的坚定信念和毫不畏惧的英雄气概。他把农奴制看作自由的敌人，人民苦难的根源，以大无畏的精神公开向沙皇挑战"我要向世人歌颂自由/我要抨击宝座的罪愆"，热烈地号召人民觉醒，为摆脱受压迫的地位起来斗争。为了激起人民对专制的愤恨，诗中还展示了君主专制统治给俄国农民带来的悲惨的真实的图画。在这里，诗人对自由的颂歌不是抽象的，而是与对专制和暴君的激烈抨击联系在一起的。

　　在俄国文学中，存在着"诗人与民众"的对立模式，即诗人与民众的脱节造成了诗人的孤独和失望。除此之外，还有一个"诗人与专制君主"的对峙，俄国文学史中的进步诗人，几乎无一例外地都与专制的统治者发生过这样那样的冲突，这是诗人社会良心的体现。为压迫者呐喊，为社会不平而发抗议，对统治者做无情的批判，这正是俄国文学优秀传统的精髓之一。而普希金和他的《自由颂》，就是这一传统较早的构成之一。

名家点评

　　普希金是俄国艺术之父和始祖，就像罗蒙洛索夫是俄国科学之父一样。

——（俄）冈察洛夫

致娜·雅·波柳斯科娃

我这只平凡而高贵的竖琴
从不为人间的上帝捧场，
一种对自由的自豪感使我
从不曾为权势烧过香。
我只学着颂扬自由，
为自由奉献我的诗篇，
我生来不为用羞怯的缪斯
去取媚沙皇的欢心。
但，我承认，在赫利孔山麓，
在卡斯达里泉水叮咚的地方，
我为阿波罗所激励，所鼓舞，
暗地里把伊丽莎白颂扬。
我，天堂里的人世的目击者，
我怀着炽热的心一颗，
歌唱宝座上的美德，
以及她那迷人的姿色。
是爱情，是隐秘的自由
使朴实的颂歌在心中产生，
而我这金不换的声音
正是俄国人民的回声。

乌兰汗　译

普希金先后写过四首献给恰阿达耶夫的诗，其中又以写于 1818 年的这一首最为著名。当时，刚从皇村学校毕业不久的普希金，怀着满腔的政治热情写下了这首歌颂自由的诗篇。

爱情、希望、默默的荣誉——
哄骗给我们的喜悦短暂，
少年时代的戏耍已经消逝，
如同晨雾，如同梦幻；
可是一种愿望还在胸中激荡，
我们的心焦灼不安，
我们经受着宿命势力的重压，
时刻听候着祖国的召唤。
我们忍受着期待的煎熬，
切盼那神圣的自由时刻来到，
正像风华正茂的恋人
等待忠实的幽会时分。
趁胸中燃烧着自由之火，
趁心灵向往着荣誉之歌，
我的朋友，让我们用满腔
壮丽的激情报效祖国！
同志啊，请相信：空中会升起

一颗迷人的幸福之星，
俄国会从睡梦中惊醒，
并将在专制制度的废墟上
铭刻下我们的姓名！

乌兰汗　译

情境赏析

普希金以年轻人饱满的政治热情，直抒胸怀，表达了自己对祖国的热爱，对专制政权的憎恨，勇敢地号召人们起来推翻专制政权，争取人民自由、国家复兴，并不惜为此献出自己宝贵的生命。

前四行诗是诗人对现实的不满，它反映了一代进步青年的觉醒。在专制制度的压迫下，祖国处于黑暗中，人民没有自由，又怎能有个人的幸福和前途？接着作者表示："时刻听候着祖国的召唤。"这是诗人代表那一时代的进步青年所立的誓言，也是向同龄人发出的号召。最后诗人深信革命必将胜利，专制制度必将覆灭。

名家点评

只有从普希金起，才开始有了俄国文学，因为在他的诗歌里跳动着俄国生活的脉搏。

——（俄）别林斯基

童 话

NOEL

乌拉！东游西逛的暴君

骑马奔向俄国。

救世主伤心地哭泣，

黎民百姓泪雨滂沱。

玛利亚手忙脚乱，连忙吓唬救世主：

　"别哭，孩子，别哭，我的主：

瞧，俄国沙皇，大妖怪，大妖怪！"

　沙皇走进屋，向大家宣布：

　"俄国的臣民，你们听着，

此事天下无人不晓：

普鲁士军装、奥地利军装，

我给自己各制了一套。

啊，黎民百姓，欢乐吧！我个子大，身体好，吃得饱；

办报的人也不断地把我夸说，

我又能吃，又能喝，又能允诺——

　从来不为工作苦恼。

　你们听着，我再补充一句，

我将来打算怎么干：

我让拉甫罗夫退休，

让索茨进精神病院；
我要代替戈尔戈里给你们制定一条法律，
我怀着一腔的好意，
按照我沙皇的仁慈，
赐给百姓以百姓的权利。"

孩子在小床上高兴地
跳了又跳：
"难道这是真事？
难道这不是玩笑？"

母亲对他说："合上你的小眼睛，睡吧，宝宝；
你已经听完了你的父皇
给你讲的这一篇童话，
到时候了，你正该睡觉。"

乌兰汗　译

《乡村》是普希金的另一首脍炙人口的政治抒情诗。1819 年普希金来到父母的领地米哈伊洛夫斯克，田园的美使他深深陶醉，而农民遭受的非人的压迫和苦难，更让诗人感慨万分。诗人以真挚的感情、异常愤怒的力量，怒斥了农奴制和地主的残暴。

我向你致意问候你，偏僻荒凉的角落，
你这宁静、劳作和灵感的栖息之所，——
在这里，在幸福和遗忘的怀抱中，
　　我的岁月的流逝的小溪倏忽而过。
我是你的呀：我抛弃了纸醉金迷的安乐窝，
抛弃了豪华的酒宴、欢娱和困惑，
换来树林的恬静的沙沙声、田野的静谧、
沉思的伴侣和无所事事优哉游哉的生活。

　　我是你的呀：我爱你幽深的花园，
　　爱花园的清爽气息和群芳竞妍，
爱这片垛满馥郁芬芳的禾堆的牧场，——
在灌木林中清澈的小溪流水潺潺。
我的眼前啊到处是一幅幅生动的画面：
在这里，我看到两面如镜的平湖碧蓝碧蓝，
湖面上，渔夫的风帆有时泛着熠熠白光，
湖后边，是连绵起伏的山冈和阡陌纵横的稻田，

　　远处，农家的茅舍星星点点，
牛羊成群放牧在湿润的湖岸边，
谷物干燥房轻烟袅袅，磨坊风车旋转；
　　富庶和劳动的景象到处呈现……

在这里，我摆脱了世俗的束缚，
我学着在真实中寻求幸福，
我以自由的心灵视法律为神祇，
我绝不理睬愚昧的群氓的怨怒，
我要以同情心回答羞涩的哀求，
　　从不羡慕那恶霸，从不追慕
蠢材的命运——他们臭名昭著。

历代的先知啊，我在这里聆听你们的教益！
　　在这壮丽的偏僻荒凉的地域，
　　你们令人愉悦的声音会听得更清晰。
　　这声音会驱散忧郁的慵懒的梦，
　　这声音会使我产生创作的动力，
　　而且你们的创作的沉思
　　正在成熟啊——在我的心底。
然而，在这里有一种可怕的念头令我不安：
　　在这绿油油的田野和群山中间，
人类的朋友会不免有些伤感地发现——
那令人沉痛的蒙昧落后的现象到处可见。
　　在这里，野蛮的贵族老爷——
命中注定要给人们带来死难，
他们丧失感情，无视法律，看不到眼泪，
听不到抱怨，只知挥舞强制的皮鞭，

掠夺农夫的劳动、财富和时间。

在这里，羸弱的农奴躬着背扶别人的耕犁，

沿着黑心肠的地主的犁沟蠕蠕而动，

　　　屈服于皮鞭。

在这里，所有的人一辈子拖着重轭，

心里不敢萌生任何希望和欲念，

　　　在这里，妙龄的少女如花绽放，

　　却供恶霸无情地蹂躏摧残。

日渐衰老的父亲们心疼的命根子，

那年轻力壮的儿子，那劳动的伙伴，

自然，要去替补农奴主家的

受折磨的奴仆，丢开自己的家园。

啊，但愿我的声音能够把人们的心灵震撼！

为什么我的胸中燃烧着不结果实的热情，

而命运偏偏又不赋予我威严雄辩的才干？

朋友们啊！我是否能够看见——

人民不再受压迫，农奴制尊圣旨而崩陷，

那灿烂的霞光最终是否能够升起——

在文明的自由的祖国的九天？

苏　杭　译

情境赏析

　　这首抨击腐朽的农奴制的抒情诗，和《皇村回忆》一样在结构上采用对比的形式。它是以美丽、广阔、幽静的农村美好大自然和地主压迫下贫困、无权、痛苦的农民悲惨生活这样相对照的两部分构成的。而色彩鲜明、画面真实、形象感人是这首诗的艺术特色。

　　诗中首先出现在读者面前的是辽阔的原野、明亮的小溪、起伏的山丘和清香的禾谷。美丽的田野风光使诗人陶醉，接着从第四节开始诗人的笔锋一转，乐观的情绪蒙上了一层阴影，紧张的思索打断了盎然的诗意，一幅凄苦悲凉的画面出现在读者面前，地主的凶残、农奴的无权、妙龄少女受摧残，读来令人撕心裂肺、义愤填膺。遗憾的是诗的结尾幻想"农奴制尊圣旨而崩陷"，并且寄希望于沙皇施行仁政取消农奴制。

尽管《乡村》具有某些改良主义的温和色彩，但愤怒的抗议依然为其增添了光辉，感人的艺术画面弥补了它的不足。诗中对农奴悲惨遭遇的描写和地主专横的描绘，有力地抨击了农奴制，反映了农民摆脱农奴制枷锁和争取自由的强烈愿望。

名家点评

实际上，在普希金之前，还没有一个人用这样轻快和生动的语言写作——在这种语言中质朴与诗的魅力结合在一起；还没有一个人能够赋予俄国诗以如此这般的准确性、意味深长和美。所有这些构成所谓普希金诗歌的"艺术上完美"的特性，把公众都迷住了，同时也把千百个过去没有阅读习惯的人都吸引来读书了。

——（俄）车尔尼雪夫斯基

给多丽达

我相信：我被爱；心儿需要相信。
不会的，我的爱，她不会假惺惺；
一切都很真诚：那阴燃的恋情，
那娇羞，美惠女神的无价赠品，

不加修饰的随意穿戴和话语，

还有那些稚气得可爱的名字。

陈　馥　译

我熟悉战斗

我熟悉战斗，爱听刀剑相击，

从小我就把武功崇敬，

爱玩浴血厮杀的游戏，

死亡在我看来十分可亲。

忠诚的自由战士，年富力强，

但若不曾与死亡对阵，

他就不曾把极乐品尝，

也不配受用娇妻的爱吻。

陈　馥　译

唉！她为何还要闪现

唉！她为何还要闪现

片刻的娇嫩的红颜？

她在萎谢，这很明显，

虽然正值妙龄华年……

就要谢了！青春的时光
给她享用的已不久长；
她也不能够指望长期
给和美的家增添乐趣，
用旷达、可爱的机敏
来助长我们的谈兴，
以文静、开朗的心胸
抚慰受苦人的魂灵……
任阴郁的思潮激荡，
我隐蔽起我的沮丧，
尽量多听她的笑谈，
不住气地把她欣赏；
倾听她的一言一语，
观察她的一举一动；
一瞬间的暂时分离
都使我的灵魂惊恐。

陈　馥　译

给黑心乔治的女儿

月下雷神，自由战士，
身上沾满神圣的血迹，
你不可思议的父亲，罪人加英雄，
既令人畏惧，又无愧于光荣。
他爱抚过你，那时你还幼小，

　　　用血红的手搂你在炽热的怀抱；

　　　　匕首就是你的玩具，

　　　　亲人的血将它磨利……

　　　多少次，心中燃起复仇的火焰，

　　　　他默默地在你的小摇篮边

　　　将新的屠杀左思右想——

　　　虽然你的儿语他也很喜欢……

　　　阴沉、可怖，他始终是这样。

　　　而你，美丽的姑娘，在苍天面前

　　　用恭顺的一生将父亲的狂暴抵偿：

　　　　好像一炉袅袅的香烟，

　　　又像爱情的纯真的祷念，

　　　自骇人的坟茔中升上苍天。

陈　馥　译

战　争

　　　战争！终于扯起了战旗，

　　　光荣的旗帜猎猎迎风！

　　　我将目睹鲜血，目睹复仇的节日；

　　　致命的铅弹将在我的身旁呼啸飞行。

　　　　多少强烈的印象

　　　将刻在我期待的心中！

　　　义军风起云涌势如破竹，

　　　军营报警，刀剑齐鸣，

在凶险残酷的战火中，
士兵和将领慷慨牺牲！
啊，崇高颂诗的题材
将把我沉睡的才华唤醒！——
我觉得一切全都新奇：简陋的帐篷，
敌营的灯火，敌兵陌生的你呼我应，
黄昏擂鼓，炮声如雷，炸弹轰隆，
以及死亡临头的惊恐。
你呀，赴死的渴望，英雄的狂热，
荣耀的盲目欲念，是否已在我心中诞生？
双重的桂冠是否有幸归到我的名下？
还是吉凶未卜的厮杀注定我将悲惨丧命？
一切将随我同归于尽：青春岁月的希望，
心头的神圣的激情，崇高的追求的大勇，
对于兄弟的回忆，对于朋友的怀念，
以及创作构思的那种徒然的激动，
还有你，还有你呀，爱情！……莫非战争的喧嚣，
军旅的艰辛，盛名之下的怨尤，
全不能窒息我惯于思考的心灵？
我是剧毒的牺牲品，渐趋衰竭，
我难以控制自己，再也不能够平静，
沉重的慵倦之感主宰了我的心胸……
战斗的恐怖为什么姗姗来迟？
为什么还不见杀气腾腾的初次交锋？

谷　羽　译

给卡捷宁

是谁给我寄来她的肖像？
容光神秀天仙似的风韵；
作为天才的热情崇拜者，
我从前是赞美她的诗人。
当美人儿享受香烟供奉，
以声名炫耀，孤标不群，
我用嘘声压倒一片赞颂，
大概是出自偏颇的气愤。
偶尔的短暂愤懑平息了，
再不会弹出嘈杂的琴音，
面对色里曼娜和莫伊娜，
好朋友，有罪的是竖琴。
神明啊，凡人心浮气躁，
因一时糊涂冒犯了你们；
但不久，瑟瑟发抖的手，
会向你们奉献新的贡品。

谷　羽　译

爱情和美的歌手普希金，同时又是一位富有阳刚之气的男子，他在这首《匕首》中歌颂了正义的力量，充满着战士的激情。

匕首被视为复仇的女神、自由的卫士和"对耻辱和冤仇的最后的裁判"，所以这首诗歌颂的不只是匕首，更重要的是那些手持匕首的行动者。

　　林诺斯的大神把你锻铸，
　　只为了不死的复仇女神使唤；
自由的秘密的守卫啊，你可以惩处，
你是对耻辱和冤仇的最后的裁判。

如果宙斯的雷不响，法理的剑也睡了，
你就是把诅咒和希望付与实现的人，
　　你潜伏在皇座的周遭，
　　灿烂的华服里也能寄身。

你沉默的刀锋对着恶人的眼睛直射，
有如地狱的冷光，有如天神的电闪，
　　而他呢，左右环顾，战栗着，
　　在宴饮之中坐立不安。

无论在哪里，你都能给他意外的一击，
无论在陆地，海上，在庙堂或者帐幕中，
　　或者在幽秘的古堡里，

　　　　或者在家里，在床上做梦。
神圣的汝比康河在恺撒的脚下喧响，
强大的罗马颠覆了，法理垂首含哀；
　　　　但布鲁塔斯崛起，把自由高唱，
你把恺撒击倒了——他死了，终于敌不过
　　　　庞贝骄傲的大理石像。

暴乱的爪牙占了上风，在恶毒地欢呼：
　　　　自由被斩了首，横陈着尸体，
　　　　而那阴险可鄙的血腥的暴徒，
　　　　那丑恶的刽子手却一跃而起。

这是死亡的使者，他不断地以祭品
　　　　指定给应接不暇的地狱，
　　　　然而，至高的裁判做出决定，
　　　　把你和少女犹门尼达派去。

噢，年轻的桑德，正义的不幸的使徒，
　　　　你的生命熄灭在刑台上，
　　　　但你的尸灰将永远留存住
　　　　那圣洁的美德的歌唱。

在你的德国，你将成为不朽的幽灵
　　　　以灾祸威胁着罪恶的权威，
　　　　而在你的庄严的坟顶
　　　　无名的匕首将闪着光辉。

査良铮　译

▌情境赏析▐

　　虽然普希金歌颂了刺杀恺撒的布鲁塔斯、刺杀马拉的夏洛蒂·考尔黛、刺杀考兹布的桑德，但他并不是在歌颂宫廷的谋杀，他认为匕首的使用应该是在"宙斯的雷不响、法理的剑也睡了"的时候，匕首的刀锋应指向恶人的眼睛。当正义显得苍白无力时，当恶人坐上统治的宝座时，秘密的匕首就应该弘扬正义。普希金在暴君、昏君的头上高悬了达摩克利斯剑，让正义之剑时刻在他们头上悬挂，威胁、震慑他们，让正义之剑时刻维护着公正。

▌名家点评▐

　　人们阅读其他一些诗人的作品，对他们的作品感到兴奋，但是普希金的作品——却是每一个有教养的俄国人都人手一册的，他们终生都要反复来阅读。

——（俄）赫尔岑

忠贞的希腊女子

　　忠贞的希腊女子！不要哭，——他已经英勇牺牲，
　　　　是敌人的铅弹射穿了他的心胸。
　　不要哭——在初次战斗的前夕难道不是你自己
　　　　为他指出了这血染的光荣途程？
　　那时候，预感到生离死别的沉痛，
　　　　丈夫向你伸出手臂，神色庄重，

含着热泪为自己的幼子祝福安宁，

但一面黑旗喧响着把自由呼唤，

和阿里斯托吉顿一样，用桃金娘绿叶缠绕利剑，

他投入战斗，奋勇冲锋——是的，他已经牺牲，

但伟大而神圣的事业已经完成。

谷　羽　译

小
鸟

1823 年，普希金在流放的南俄的基什尼奥夫作了这首诗，并写信给诗人格涅吉奇："你知道俄国农民的那个动人的风俗吗？就是在复活节要将一只小鸟放生。现在奉上这样的一首诗给你。能否不署名登在《祖国之子》杂志上？"从这封信中，我们就不难猜想出普希金写这一首小诗的心情和原因。

身处异乡，我十分忠实
把祖国往昔的风俗遵守，
在和煦的春天的节日，
让一只小鸟重获自由。
我心里已感到几分满足，
何苦对上帝抱怨命运，
我能把自由作为礼物，
赠给一个活着的生灵！

杜承南　译

情境赏析

复活节是基督教的一个节日，在俄国民间，为庆祝复活节，常放飞一只饲养了一冬的小鸟，让鸟儿自由，去迎接春天。同时，也让自由的鸟儿去传达"耶稣复活"的信息。在普希金生活的时代，有许多诗人都描写过这一习俗。

《小鸟》着重写放飞时的心理感受，这种放飞是古老的风俗和明亮的节日，是让被囚的鸟儿重获自由。在这里自然地由鸟儿的被囚与自由联想到了自己的命运，放飞者的心态和情感成了主要的内容，诗人通过放飞小鸟这一普通风俗写出了自己对自由的渴望乃至呼吁。

你肯宽恕么，我嫉妒的幻梦

你肯宽恕么，我嫉妒的幻梦，
我的爱情的失去理智的激动？
你对我是忠实的，可为什么
又常使我的感情饱受惊恐？
置身于大群爱慕者的包围圈里，
你为什么对一切人都那么亲昵，
让所有的追求者希望空萌，
时而目光奇特，时而温柔，时而忧郁？
你驾驭了我，使我失去理性，
你对我不幸的爱情深信不疑。
你没看见，在那群狂热者中间，
我落落寡合，茕茕孑立，默默无语，
忍受着孤独和苦闷的熬煎，
你不置一词，不屑一顾，无情无义！
我有意回避，你照样爱理不理，
眼神里没有祈求，没有疑虑。
如果另有一位美貌少女
和我亲昵地娓娓交谈，
你依然是那样无动于衷，
愉快的指责使我心灰意懒。

请问：当我那位终身的情敌

和我们俩面对面地相遇，

为什么他狡狯地向你致意？

他是你什么人？你说，他凭什么

脸色苍白、满怀猜忌？

从夜晚到黎明这段敏感的时辰，

母亲不在，你独自一人，衣衫半披，

又为什么要把他迎进家门？

我知道你爱我，和我在一起，

你那样情意绵绵，你的甜吻

火一样热！你的动情的话语

那么真诚地发自你的内心！

你觉得我的苦恼滑稽有趣，

但是你爱我，我对你理解，

我的爱侣，求你别再使我伤心：

你不知道，我爱得多么强烈，

你不知道，我痛苦得多么深沉。

杜承南　译

我是荒野上自由的播种人

一个撒种的出去撒种。

我是荒野上自由的播种人，

出发在晨星未露的时候；

撒下生机旺盛的良种，

用我纯洁无辜的双手，
撒在饱受蹂躏的田垄。——
而我失去的却是岁月悠悠，
却是可贵的思考和劳动……

吃草为生吧，和睦的人们！
你们不会听见正义的召唤。
干吗要把自由赠给畜生？
它们本应听凭宰割或摧残。
挂着响铃的重轭和长鞭，
才是它们世代因袭的遗产。

杜承南　译

《致大海》是普希金离开敖德萨到米哈伊洛夫斯克期间写成的著名的抒情诗。临别时诗人登上高加索海边的岩石，面对波涛汹涌的大海，他思绪万千，想到自己的坎坷遭遇、想起显赫一时的英雄，想到失去自由的苦难的人民……怀古伤今，百感交集，他的心像大海一样深沉、激荡，情不自禁地写下了这首诗。

再见了，奔放不羁的元素！
你碧蓝的波浪在我面前
最后一次地翻腾起伏，
你的高傲的美闪闪耀眼。

像是友人的哀伤的怨诉，
像是他分手时的声声召唤，
你忧郁的喧响，你的急呼，
最后一次在我耳边回旋。

我的心灵所向往的地方！
多少次在你的岸边漫步，
我独自静静地沉思，彷徨，
为夙愿难偿而满怀愁苦！

我多么爱你的余音缭绕，
那低沉的音调，深渊之声，
还有你黄昏时分的寂寥，

和你那变幻莫测的激情。

打鱼人的温顺的风帆，
全凭着你的意旨保护，
大胆地掠过你波涛的峰峦，
而当你怒气冲冲，难以制服，
就会沉没多少渔船。

呵，我怎能抛开不顾
你孤寂的岿然不动的海岸，
我满怀欣喜向你祝福：
愿我诗情的滚滚巨澜
穿越你的波峰浪谷！

你期待，你召唤——我却被束缚；
我心灵的挣扎也是枉然；
为那强烈的激情所迷惑，
我只得停留在你的岸边……

惋惜什么呢？如今哪儿是我
热烈向往、无牵无挂的道路？
在你的浩瀚中有一个处所
能使我沉睡的心灵复苏。

一面峭壁，一座光荣的坟茔……
在那儿，多少珍贵的思念
沉浸在无限凄凉的梦境；
拿破仑就是在那儿长眠。

他在那儿的苦难中安息。
紧跟他身后，另一个天才，
像滚滚雷霆，离我们飞驰而去，
我们思想的另一位主宰。

他长逝了，自由失声哭泣，
他给世界留下了自己的桂冠。
汹涌奔腾吧，掀起狂风暴雨：
大海呵，他生前曾把你礼赞！

你的形象在他身上体现，
他身上凝结着你的精神，
像你一样，磅礴、忧郁、深远，
像你一样，顽强而又坚韧。

大海呵，世界一片虚空……
现在你要把我引向何处？
人间到处都是相同的命运；
哪儿有幸福，哪儿就有人占有，
不是教育，就是暴君。

再见吧，大海！你的雄伟壮丽，
我将深深地铭记在心；
你那薄暮时分的絮语，
我将久久地久久地聆听。

你的形象充满了我的心坎，
向着丛林和静谧的蛮荒，
我将带走你的岩石、你的港湾，

你的声浪，你的水影波光。

杜承南　译

▍情境赏析▍

　　这是一曲大海的庄严的颂歌，是对人生命运的深沉感叹，也是对自由的热情礼赞。大海是自由的象征，诗人通过对大海的描绘，把自己不自由的处境、向往自由而不得的内心矛盾，以及想出走国外的复杂心理与喧腾、激荡、伟岸不羁的自由的大海自然连接，深刻、细腻地写出了诗人内心的复杂情感。作者以主观的感受感染着外界的事物，体现着浪漫主义的情怀。

　　诗人借大海而抒情，并在抒情中展开了丰富的联想，使自由的主题进一步深化。缅怀起举世震惊的英雄、显赫一时的拿破仑只能在"荒凉的海波上安息"；自己最钦佩的诗人拜伦，虽然天才卓绝、雄心勃勃，但终为祖国不容，客死于希腊。普希金自己也是空有抱负，而不得施展，壮志难酬。

　　从体裁上看，这首诗既是情调忧伤的哀歌，又富有哲理性。全诗气势豪放、意境雄浑、思想深沉，洋溢着奔放的热情，充满了积极奋进的精神。

阴沉的白昼隐去

阴沉的白昼隐去，阴沉的夜晚
用铅灰色的云幕遮住了长空；
月亮像个幽灵，朦朦胧胧，
　　在密密的松林后面闪现……
这一切使我不禁黯然神伤。
远处，明月冉冉升起，在空中高挂，

那儿，空气中洋溢着夜的馨香，

那儿，大海在湛蓝色的天穹下，

　　翻滚着金波银浪……

这时，她正沿着山间小径向前，

走向闹嚷嚷的浪花拍击着的海岸；

　　走到那座峭壁旁，

现在，她一个人静坐，暗暗伤心……

独自一人，没人对她哭泣，没人为她忧伤，

也没有人深情地把她的双膝亲吻；

独自一人……她不让任何人的嘴唇

吻她的肩，吻她的唇，吻她雪白的乳房。

……

任凭谁也配不上她的天蓝色的爱情。

不是吗：你寂寞……你哭泣……我从容镇定；

……

但如果……

杜承南　译

普希金于 1820 年 9 月自古尔祖夫前往辛菲罗波尔时，曾路过巴赫奇萨拉伊，并访问了当地的巴赫奇萨拉伊宫及水泉，诗则是 1824 年 11 月在米哈伊洛夫斯克村写成的。

爱情的水泉，活跃的水泉！
我给你带来两朵玫瑰作礼品。
我爱你絮絮不休的细语
和充满诗意的清泪。

你那银白色的水尘
像寒露洒满了我全身：
哦，流吧，流吧，你快乐的清泉！
用淙淙的流响，对我诉述你的隐情……

爱情的水泉，悲哀的水泉！
我也问过你的大理石：
我读过对那远古的国度的赞美，
但你却缄默了关于玛利亚的事迹……

你这后宫的苍白的星光呀！
难道你在这儿竟被忘怀了吗？
或者玛利亚和扎列玛
只不过是两个幸福的幻影？

　　　　或者这只是一个想象的梦，

　　　在荒漠的黑暗之中

　　　绘出了自己一瞬间的幻影，

　　　那心灵的暧昧的理想？

　　　　　　　　　　　　　戈宝权 译

▌情境赏析▐

　　1820 年 12 月普希金这样写给诗人杰尔维格："我带着病到了巴赫奇萨拉伊。我以前曾听说过关于那位恋爱的可汗所建的这座奇怪的纪念碑。K. 诗意地把这件事叙述给我听，称它是'la fontaine des larmes'（法文：泪泉）。"当我走进宫殿时，我看见那座已经毁坏了的水泉；从它生了锈的铁漏斗里，水一滴一滴地在掉下来……"信中的 K.，据推测系指拉耶夫斯基将军的长女叶卡杰林娜·尼古拉耶夫娜·拉耶夫斯卡娅，后嫁给十二月党人奥尔洛夫将军，当时普希金正随着他们一家人在南俄旅游。

这首诗是诗人一段情感告一段落后所作的诗，也是诗人不多的让人感觉压抑、悲凉的诗。普希金采用细腻、真切、朴实的笔法，却写得字字千钧，让每一个字都散发着无穷的魅力。

永别了，情书！永别——是她的叮嘱。
我久久地拖延！手儿也久久地踌躇，
它不肯把我的满腔欢乐化为灰烬！……
可是这又何必，时候到了。燃烧吧，爱的信。
我有准备；我的心儿不愿聆听任何劝告。
贪婪的火苗将把情书一页页地吞掉……
只消一分钟！……着了！燃烧——一缕轻烟
袅袅冉冉，伴随我的祷告一起飘散。
火漆已经熔化，从此再也看不见
钟情的指纹……啊，预见！终于实现！
焦黑的信纸就在眼前，弯弯曲曲；
轻飘飘的死灰上还残留着白色的痕迹……
我的心儿抖抖索索，多情的灰烬呀，
你是我凄苦命运中的惨淡的安慰，
请你永远留驻在我的悲凉的心底……

乌兰汗　译

▌情境赏析 ▌

《焚烧的情书》中没有用华丽的辞藻来渲染，也没有装腔作势的虚浮的描绘。他只是如实地描写了焚烧情书时的每一个细节，描写了他当时的真实感受，但却取得了惊人的艺术效果。

诗人用精细的语言富于表现力地把焚信的每一个动作展示在读者面前，似乎读者自己就是事件的亲历者。同时也在流畅、质朴的语言中表现了将曾经记满欢乐的信纸掷入火中的痛苦的心情，达到了较高的艺术水平，表现了艺术上的诚恳。

▌名家点评 ▌

他不夸大，不粉饰，不耍弄效果；他从没有派给自己一种辉煌的、但却是他未曾经历过的感情。他到处显示着本然的样子。

——（俄）别林斯基

安德列·谢尼耶

Ainsi, triste et captif, mā lyre toutefois S'éveillait……

当震惊的世界睁大了眼睛
一直望着拜伦的骨灰罐，
当他的幽灵守在但丁身旁
倾听欧罗巴竖琴的和弦，

另一个幽灵又在呼唤我，

它早已经不歌唱，不啼哭，
在悲痛的日子里，从血染的
断头台上走进阴森的坟墓。

我把鲜花献到墓前，
献给爱情、橡树与和平的歌手。
我在歌唱。他和你在谛听。
不知是谁家的竖琴在演奏。
疲惫了的刀斧又一次举起，
　　它需要新的祭品。
歌手准备停当；最后一次
　　为他弹奏沉思的竖琴。

明晨执刑，这是黎民的常事；
　　然而青年歌手的竖琴
　　在唱什么？它在歌唱自由：
　　它始终没有变心！

"欢迎你，我的太阳！
　　我曾把你天庭的脸庞颂扬，
　　它露出面颊，像一团火光，
　　它冲开暴风雨徐徐上升。
　　我颂扬过你那神圣的雷霆，
它把可耻的堡垒劈成瓦砾，
　　它把自古形成的傲慢的权力
　　砸得粉碎，任人睥睨；
我见过你的儿女们的公民骁勇，
　　我听到他们把兄弟般的诺言许下，
　　还有他们吐露胸怀博大的誓词，

和对专制制度英勇无畏的回答。

我看见他们掀起的波涛如何汹涌，

摧毁一切，滚滚前进，

而热情的代言人满怀惊叹地预言

大地将会万象更新。

你那智慧的诗才已在闪光，

神圣的流亡者的英灵

已经光荣地跨入不朽的伟人庙的殿堂，

从岌岌可危的宝座上

剥掉偏见护身的外罩；

一双双镣铐落地。法律

以自由作为靠山，向人民宣布了平等，

于是，我们欢呼：好极了！

啊，真可悲！啊，荒诞的梦！

自由在哪儿？法律在何处？

主宰我们的只有刀斧。

我们推翻了几个皇帝。又把杀人犯、刽子手

推上宝座。啊，可怕呀！啊，可耻！

可是你，神圣的自由，

不，纯洁的女神呀，你没有什么过错，

人民狂暴盲动之际，

人民肆无忌惮的时刻，

你离开了我们，这不能怪你，不能怪你；

你那治病的器皿被血布遮蔽：

可是，你会回来的，为了复仇和荣誉——

你的仇敌又将倒地；

人民一旦品尝过你那神圣的甘露，

总要寻找再次啜饮的时机；

仿佛酒神使人民受到刺激

他们四处流窜，口渴心急；

人民毕竟会找到你。人民在平等的阴凉下，

将在你的怀抱里，甜蜜酣畅地歇息；

黑风阴雨也一定会这样过去！

不过，我见不到你了——光荣、幸福的时代：

我注定要上断头台。我现在在拖延

临终的时刻。明晨行刑。面对冷漠的人海，

刽子手将不可一世地抓住我的头发

把我的脑袋提举起来。

朋友们，宽恕我！我的尸骨已无处安葬，

它不会埋在花园里了，我们曾在那边

悠然地谈论过学问，举行过欢宴，

还事先选定了安放我们骨灰瓮的地方。

但，如果你们对我的怀念

朋友们，还有神圣的情感，

就请你们执行我的最后的心愿：

哀悼我时，亲人们，要偷偷地哭泣；

可要提防——眼泪会招来怀疑；

因为我们这个时代，流泪也是犯罪；

如今啊，就连兄弟也不敢可怜兄弟。

还有一个恳求：我的诗，你们听过上百次，

那些拙作，写于我胡思乱想之时，

它斑驳陆离，记录了我整个青春华年

埋在心里的事。朋友们，那些诗笺

寄托着我的梦想，我的憧憬，

饱含着我的泪水，我的爱情，

它保留了我的全部生活。我祈求你们

从阿贝尔、从芳妮那儿找出它们；
把我献给无辜的缪斯的诗集保存。
严厉无情的社会、傲慢尖刻的舆论
都不会知道它们的存在。可惜我的头颅
将会过早地落地：我的才能还不成熟，
还没有创作出高尚的作品赢得光荣；
我很快就会完全死去。但是，朋友们，
为了爱护我的幽灵，请保存起
我的手稿，把它们留给自己！
等到风暴过去，你们，偏爱我的人们，
有时不妨聚会，把我真实的诗句吟诵，
听久了，你们就告诉大家：这就是他，
这是他讲的话。而我，会摆脱墓中的梦，
神不知鬼不觉地站出来，坐在你们身旁，
我也会听得出神，你们的泪水使人神往，
到那时，我也许会得到爱的慰藉；
也许我的女囚，多愁善感，脸色苍白，
她也会来聚精会神地谛听爱的诗章……"

但是刚到这里温柔的歌曲突然中止，
年轻的歌手垂下了他沉思中的头。
眼前掠过春天的季节，带着爱和忧，
一双美女的眼睛显得有些呆滞，
这时歌声、筵席，以及火热的良夜
全都活跃起来了；于是他的心
又飞向远方……他的诗又涓涓地涌动：
"跟我作对的才华，你要把我引向何方？
我生来是为了爱情、为了和平的考验，

为什么我要抛弃无名的生活的影子，
抛弃自由、朋友，抛弃甜蜜的懒散？
命运宠爱过我那黄金般的青年时代；
欢乐用无忧的手把花环给我戴在头上，
纯真的缪斯陪我度过闲暇的时光。
我在热闹的晚会上为众友所宠爱，
我用欢笑与诗歌淋漓酣畅地歌颂
众家神所保佑的我的家园的安宁。
一当巴克斯的操劳使我感到疲倦，
我胸中突然又爆发起另一种火焰，
我终于清晨来到心爱的姑娘面前，
看到她正在发泄愤懑与不安；
当她眼里噙着泪水，发出威胁的语言，
诅咒我把光阴消磨在筵席之间，
驱赶我，谴责我，但又把我原谅：
啊，我的生活该多么甘美，多么甜香！
为什么我要离开懒散而平凡的生活，
奔向那灾难重重的可怕的地方，
奔向那野性的激情、疯狂的愚昧，
以及仇恨和贪婪统治着的他乡！
你要把我引向哪里啊，我的希望！
我这忠于爱情、诗歌与宁静的人怎么能
在下等场所和可鄙的好斗者流争雄！
难道要让我驾驭倔强的烈马，
紧紧勒住已经松开了的缰绳？
我能留下什么？一些将被忘却的痕迹：
毫无意义的莽撞和疯狂的妒忌。
死去吧，我的声音，还有你，骗人的幻影，

你呀，语言，空洞的声响……

啊，不！

别再出声了，怯懦的怨言！

诗人，你应当骄傲，喜欢：

面对着我们时代的耻辱，

你没有顺从地低下头颅；

你蔑视强大的魔王；

你的火把在熊熊地燃烧，

把无耻的统治者们的会议，

以无情的闪光照亮。

你把那班专制的刽子手惩罚，

你的鞭子在他们身上抽打，

你的诗呼啸在他们的头顶；

你号召反对他们，你颂扬涅墨西斯；

你面对着马拉的祭司们

颂扬匕首和少女欧墨尼得斯！

当神圣的老人用变得麻木的手

从断头台上拉开加过冕的头，

你把手大胆地伸给了他们，

于是盛怒的最高法院

在你们面前瑟瑟发抖。

自豪吧，自豪吧，歌手；而你，凶残的野兽，

如今任你拿我的头颅耍弄：

它在你的爪中。但，你听着，不信神的孽种：

我的呼叫，我的狂笑，将把你追踪！

任你饮我们的血，活着，害人：

你不过是侏儒，渺小的侏儒。

那个时刻会来到的……它已越来越近：

暴君，你就要倒下去！愤怒

终将再次爆发。我的祖国的哭声

将把受折磨的命运唤醒。

现在我走了……时间已到……你跟在我后面；

我在等你。"

激情的诗人就这样歌唱。

一切陷入沉寂。长明灯的柔和的光

在曙光中显得格外惨淡。

晨曦照进了牢房。于是诗人

庄重地把目光转向铁窗……

一阵闹嚷。来人了，在叫，他们！希望落空！

钥匙、铁锁、门闩朗朗响。

他们在喊……慢着，慢着，一天，就一天：

没有死刑，自由属于大众，

一位伟大的公民将在

伟大的人民中间永生。

他们听不见。队伍默默无声。刽子手在等他。

但是，友谊使诗人在死亡的路上也感到舒畅。

瞧，断头台。他登了上去。他把光荣赞扬……

哭吧，缪斯，哭吧！……

乌兰汗　译

《致克恩》是普希金爱情诗的代表作。在米哈伊洛夫斯克幽禁的愁闷岁月，普希金与安娜·彼得洛夫娜·克恩经常来往，她为诗人排除苦恼，驱散愁云。在送别时，诗人献上了这首永留史册的诗。这首诗后来由克恩托著名作曲家格林卡谱成有名的浪漫曲，成为流传甚广的爱的绝唱。

我记得那美妙的瞬间：
你就在我的眼前降临，
如同昙花一现的梦幻，
如同纯真之美的化身。

我为绝望的悲痛所折磨，
我因纷乱的忙碌而不安，
一个温柔的声音总响在耳旁，
妩媚的形影总在我梦中盘旋。

岁月流逝。一阵阵迷离的冲动
像风暴把往日的幻想吹散，
我忘却了你那温柔的声音，
也忘却了你天仙般的容颜。

在荒凉的乡间，在囚禁的黑暗中
我的时光在静静地延伸，
没有崇敬的神明，没有灵感，

没有泪水，没有生命，没有爱情。

我的心终于重又觉醒：

你又在我的眼前降临，

如同昙花一现的梦幻，

如同纯真之美的化身。

心儿在狂喜中跳动，

一切又为它萌生：

有崇敬的神明，有灵感，

有生命，有泪水，也有爱情。

乌兰汗　译

▌情境赏析▌

　　全诗六节，但语短而情长，感情真挚，一唱三叹，令人回味。诗中第一节是记述两人的第一次会面，那时，诗人就对克恩产生了爱慕之情，但并没有表露出来。第二节写两人相见时"那美妙的瞬间"给诗人留下的长久的回忆。第三节写了忘却的爱，接着又描写了无爱的生活和爱的瞬间到来以及爱的拥有，一个瞬间成了爱的永恒，也让我们感到了爱的伟大力量。

　　这首爱的歌写得高雅、炽热，又含蓄、温婉，处处流露着诗人内心的真实情感。诗人巧妙地运用了对比和复沓的手法突出主旨，并且使全诗变得匀整、富于音乐性。

▌名家点评▌

　　普希金是一位"伟大的俄国人民诗人"，他是"无论在诗句的美或是在感情和思想的表现力上，从来没有人能够超过的一位诗人"，他是"伟大的俄国文学之始祖"，为"一切开端的开端"。

——（苏）高尔基

在这短短的八行诗中，饱含的是普希金对生活的理解。这既是他对涉世未深的少女的告诫，也是诗人人生的经验，引人深思。

如果生活将你欺骗，
不必忧伤，不必悲愤！
懊丧的日子你要容忍：
请相信，欢乐的时刻会来临。

心灵总是憧憬着未来，
现实总让人感到枯燥：
一切转眼即逝，成为过去；
而过去的一切，都会显得美妙。

乌兰汗　译

情境赏析

如果生活将你欺骗，请不必忧伤和生气，快乐的日子总会来临，黑夜之后必然是白昼的到来，生活就是这样。现实会让人忧郁、无奈，心只会生在未来，然而一切都会"转眼即逝"，而过去的终归是过去的，却让人怀恋，让人感到亲切、可爱。

饮　酒　歌

欢声笑语，为何静息？
响起来吧，祝酒的歌曲！
祝福爱过你们的各位妙龄妻子，
还有那些温柔的少女！
把一个个酒杯斟满！
把你们珍藏的戒指都拿出来！
扔进浓郁的酒里，
沉入作响的杯底！
大家把酒杯举起，一饮而光！
祝福缪斯，祝福理智万寿无疆！
你，燃烧吧，神圣的太阳！
在理智的永恒的阳光下
骗人的聪明明灭无常，
如同在灿烂的朝霞中
这盏油灯暗淡无光。
祝福太阳永在，但愿黑暗消亡！

乌兰汗　译

草原上最后几朵花儿

草原上最后几朵花儿
比早开的鲜花更可爱。

它们容易搅乱我们的心，
把悠悠的遐想勾起来。
所以，有时，离别的时刻——
比甜蜜的重逢更难忘怀。

　　　　　　　　　　乌兰汗　译

为了怀念你

为了怀念你，我把一切奉献：
那充满灵性的竖琴的歌声，
那伤心已极的少女的泪泉，
还有我那嫉妒的心的颤动。
还有那明澈的情思之美，
还有那荣耀的光辉、流放的黑暗，
还有那复仇的念头和痛苦欲绝时
在心头翻起的汹涌的梦幻。

　　　　　　　　　　乌兰汗　译

这是普希金献给自己的奶娘阿琳娜·罗季翁诺夫娜的诗篇，这是友谊的光辉诗篇。阿琳娜伴随诗人在米哈伊洛夫斯克村度过了两年幽居的苦闷岁月，是他可以倾吐内心积虑的唯一心腹。

风暴肆虐，卷扬着雪花，
迷迷茫茫遮盖了天涯；
有时它像野兽在嗥叫，
有时又像婴儿咿咿呀呀。
有时它钻进破烂的屋顶，
弄得干草悉悉刷刷，
有时它又像是晚归的旅人，
来到我们窗前轻敲几下。

我们这衰败不堪的小屋，
凄凄惨惨，无光无亮，
你怎么啦，我的老奶娘呀，
为什么靠着窗户不声不响？
我的老伙伴呀，或许是
风暴的吼叫使你厌倦？
或者是你手中的纺锤
营营不休地催你入眠？

我们喝吧，我的好友，
我可怜的少年时代的良伴，
含着辛酸喝吧，酒杯哪儿去了？
喝下去，心儿会感到甘甜。
请你给我唱支歌儿：
唱那山雀怎样生活在海外，
或是唱支少女的歌儿，
讲她如何朝朝汲水来。

风暴肆虐，卷扬着雪花，
迷迷茫茫遮盖了天涯；
有时它像野兽在嗥叫，
有时又像婴儿咿咿呀呀。
我们喝吧，我的好友，
我可怜的少年时代的良伴，
含着辛酸喝吧，酒杯哪儿去了？
喝下去，心儿会感到甘甜。

乌兰汗　译

▍情境赏析▍

　　《冬天的晚上》描绘的是普希金与奶娘在一个风雪的夜晚相守、对饮的温情场景。"我的老奶娘""我的好友""我可怜的少年时代的良伴"，成了普希金孤独生活中的唯一慰藉；奶娘的纺纱声和奶娘的童话温暖了的房间，与风雪的室外形成了强烈的对比。普希金当时所处的大环境是一片冷酷，奶娘给了他一方温暖、安乐的天地。

《暴风雨》这首诗是一幅瑰丽、神奇的油画。诗人用他那神奇的笔画下的这幅画，具有清晰、美丽、迷人的意境，令人神往、使人陶醉。

你可见过岩石上的姑娘，
身穿白衣，脚踏海浪，
当大海在茫茫烟雾中汹涌，
和它的海岸戏耍不停，
当闪电用红色的光柱
把姑娘的身影一次次照亮，
当海风狂吹、在浪尖飞舞，
把她那轻盈的衣裳卷扬？
风雨濛濛的大海无限壮丽，
不见蓝天的苍穹布满电光；
但请相信我：比海浪、比苍穹、比暴风雨
更壮丽的是站在岩石上的姑娘。

乌兰汗　译

情境赏析

这是一幅鲜明而生动的图画。幽暗的海面，狂风在怒吼，在飞旋，波浪在翻滚，在猖狂地轰响，电闪雷鸣，天昏地黑，使人心中感到紧张恐怖。但那一位高居在波涛之上的穿白衣裳的美丽少女，使这幅画面显得俏丽而有生气，显得特别迷人。这个纯洁的少女形象引起读者浮想联翩：她为什么在海面起了风暴时仍然立在岩石上呢？她在想念和盼望远方的情郎吗？她因失恋而想在风暴中跳海殉情吗？她在赴情人的约会吗……这种独创的意境使读者得到美的享受，且感到余味无穷。

　　这是对大自然的讴歌，更是对岩石少女的礼赞。诗情画意，给人无限美感，同时又激起人们无穷联想。

▌名家点评▌

　　普希金……在诗的活动中，第一个做到既不损害艺术，同时又显示他有本领去表现在我们这里存在着的生活，而且把它一如实际的模样表现出来。普希金的伟大的历史意义就在于此。

——（俄）杜勃罗留波夫

在自己祖国的蓝天下

在自己祖国的蓝天下
　　她已经憔悴，已经枯萎……
终于凋谢了，也许正有一个
　　年轻的幽灵在我头上旋飞；
但我们却有个难以逾越的界限。
　　我徒然地激发起自己的情感：
从冷漠的唇边传出了她死的讯息，
　　我也冷漠地听了就完。

这就是我用火热的心爱过的人，

　　我爱得那么热烈，那么深沉，

那么温柔，又那么心头郁郁难平，

　　那么疯狂，又那么苦痛！

痛苦在哪儿，爱情在哪儿？在我的心里，

　　为那个可怜的轻信的灵魂，

为那些一去不返的岁月的甜蜜记忆，

　　我既没有流泪，也没有受责备。

　　　　　　　　　　　　　　魏荒弩　译

承　认

　　我爱你，——哪怕我要疯狂，

　　哪怕是白费力气，羞愧难当，

　　但如今站在你的脚边，

　　我得承认这不幸的荒唐！

　　我们并不般配，年龄也不相称……

　　是时候了，我该变得更聪明！

　　但我从各个方面的征兆，

　　看出我心里爱情的病症：

　　没有你，我心烦——我打哈欠，

　　有了你，我忧郁——忍在心间；

　　我想要说，可又没有勇气，

　　我的天使啊，我多么爱你！

　　当我听到客厅里你那轻轻的

　　脚步声，或你的衣裙的窸窣声，

或你那处女的淳朴的声息，
我立刻就丧失了全部理性。
你一露出微笑——我便高兴；
你刚一转过脸——我就惆怅；
为了一天的折磨，你苍白的
小手，就是对我的奖赏。
当你漫不经心地弯着身
坐在绣架旁殷勤地刺绣，
你披下了鬈发，低垂着眼睛，——
我沉默而动情，充满了温柔，
像孩子般欣赏着你的神情！……
当有的时候在阴霾天气
你打算到远处去走走，
我可要对你诉说我的不幸，
倾吐我的忌妒的哀愁？
还有你在孤独时的眼泪，
还有两人在角落里的谈心，
还有那到奥波奇卡的旅行，
还有在黄昏时演奏的钢琴？……
阿琳娜！请可怜可怜我吧。
我不敢乞求你的爱情。
也许，为了我的那些罪过
你的爱情我不配受领！
但请假装一下吧！你这一瞥
能够微妙地吐露出一切！
唉，骗我一下并不难！……
我多么高兴受你的欺骗。

魏荒弩　译

先知

据普希金的朋友戈廷说，这首诗是普希金在
1826 年 9 月间去莫斯科之前写成的。他原准备写
四首题名为《先知》的组诗，主要是反对沙皇统治
和献给十二月党人，但其他三首未被保存下来，现
仅存此一首。

忍受着精神上的熬煎，
我缓缓地走在阴暗的荒原，——
这时在一个十字路口，
六翼天使出现在我的面前。
他用轻得像梦似的手指
在我的眼珠上点了一点，
于是像受了惊的苍鹰，
我张开了先知的眼睛。
他又轻摸了一下我的耳朵，——
它立刻充满了声响和轰鸣：
我听到了天宇的颤抖，
天使们翩然在高空飞翔，
海底的蛟龙在水下潜行，
幽谷中的藤蔓在簌簌地生长。
他俯身贴近我的嘴巴，
一下拔掉我罪恶的舌头，
叫我再也不能空谈和欺诈，

然后他用血淋淋的右手，

伸进我屏息不动的口腔，

给我安上智慧之蛇的信子。

他又用利剑剖开我的胸膛，

挖出了我那颤抖的心脏，

然后把一块熊熊燃烧的赤炭

填入我已经打开的胸腔。

我像一具死尸躺在荒原，

上帝的声音向着我召唤：

"起来吧，先知，你听，你看，

按照我的意志去行事吧，

把海洋和大地统统走遍，

用我的语言把人心点燃。"

魏荒弩　译

情境赏析

这首诗的主题取材于《圣经旧约书·以塞亚书》第六章中的一段话："当乌西雅王驾山崩的那年，我见主坐在高高的宝座上，他的衣裳垂下，遮满圣殿。其上有撒拉弗（即天使）侍立，各有六个翅膀，用两个翅膀遮脸，两个翅膀遮脚，两个翅膀飞翔……因为我是嘴唇不洁的人，又住在嘴唇不洁的民中……有一位撒拉弗飞到我跟前，手里拿着红炭，是用火剪从坛上取来的。将炭沾我的口，说：'看哪，这炭沾了你的嘴，你的罪恶便除掉，你罪恶就赦免了'。我又听见主的声音，说：'我可以差遣谁呢？谁肯为我们去呢？'我说：'我在这里，请差遣我……'"

普希金作为诗人，作为时代的儿子，一直记得自己肩负的使命，要为人民歌唱、"把海洋和大地统统走遍，用我的语言把人心点燃"。

这是普希金献给奶娘的又一首友谊诗。在普希金的幼年，他的教育由外国教师负责，而生活则由奶娘照料。普希金的奶娘将真切的爱倾注在普希金身上，普希金也始终对她怀着深深的依恋和感激。让我们通过这首《给奶娘》感受两人的深情厚谊吧！

我的严酷岁月里的伴侣，
我的老态龙钟的亲人！
你独自在偏僻的松林深处
久久、久久地等着我的来临。
你在自己堂屋的窗下，
像守卫的岗哨，暗自伤心，
在那满是皱褶的手里，
你不时地停下你的织针。
你朝那被遗忘的门口，
望着黑暗而遥远的旅程：
预感、惦念、无限的忧愁
时刻压迫着你的心胸。
你仿佛觉得……

魏荒弩　译

情境赏析

　　《给奶娘》这短短的 13 句诗构成了一幅感人的画面，年迈的奶娘仿佛就在读者眼前一样，无论外表，还是内心世界都得到了生动的表现。她焦急等待，她忧虑、惦念，满是对诗人的关切情意。而诗人自己在这幅画中，在饱含感情的诗句中，隐藏了自己的身形却时时表现着自己对奶娘的眷恋之情。这种诗中有情、画中有情的手法，是普希金抒情诗艺术技巧的卓越表现。

名家点评

　　普希金的韵文，在他的独创性的诗中，显得仿佛是俄国诗史上的一个突变……一方面是古代的雕塑的单纯，另一方面是浪漫诗歌音韵的美妙的错综，这两者在他的韵文中融合起来了。它所表现的音调的美和俄国语言的力量达到了令人惊异的地步……

——（俄）别林斯基

《冬天的道路》这首诗用淡淡的笔墨描绘了一个朴素的场景，但却是那样形象和逼真，表现了极其平凡的美丽，同时也表现了旅程的寂寞、忧愁。

透过烟波翻滚的迷雾，
月亮露出了自己的面庞，
它忧郁地将自己的光华，
照在忧郁的林间空地上。

一辆轻捷的三套马车
在寂寥的冬天的道路上飞奔，
听起来实在令人厌倦，
那叮当响着的单调铃声。

从车夫的悠长的歌声里
能听出某种亲切的情绪：
一会儿像是豪放的欢乐，
一会儿像是焦心的忧虑……

不见灯火和黝黑的茅舍，
只有一片莽原和冰雪……
只有一个个带着花纹的

里程标，在前面把我迎接……

寂寞，忧郁……尼娜，明天，
我将回到心爱的人儿身边，
坐在壁炉前我将忘怀一切，
对着你，怎么看也不觉厌倦。

时针嘀嗒响着完成了
自己节奏匀整的一圈，
午夜打发走那些讨厌的人，
可并不能把我们拆散。

愁人啊，尼娜；我的旅程太寂寞，
我的车夫瞌睡了，不再响动，
只有铃声在单调地响着，
月亮的脸被遮得一片朦胧。

魏荒弩　译

▌情境赏析▐

诗人在诗中感叹道："寂寞啊，忧郁""愁人啊……我的旅程太寂寞"，但正是在这两次感叹的旁边，出现了一个亲切的名字——尼娜。这个尼娜是何许人也，一直不为人所知，但她的出现，使我们对普希金这趟寂寞、忧愁的旅程又有了这样的认识：旅程之寂寞与忧愁，并不完全是由于凄凉的月光、凄凉的林中空地，寂寞的冬天的道路、单调的车铃、不见灯火和茅舍的一片冰雪和荒凉等，而是由于"回到亲爱的人儿身边"的路如此耐人寻味，是由于离别和思念。与此忧愁形成对比的将是"明天"，在这寂寞、忧愁的旅程之后是火炉旁的相见和凝视。这样，明日的相见既反衬出了今夜旅程的孤寂，同时又为这寂寞旅程设置了一个温暖的终点。

普希金和十二月党人有着深厚的友谊，对他们的革命事业深表同情。《在西伯利亚矿山的深处》这首诗是普希金冒着生命危险在 1827 年写成并把它贡献给流放在西伯利亚服苦役的十二月党人的。

在西伯利亚矿山的深处，
保持住你们高傲的耐心，
你们的思想的崇高的意图
和痛苦的劳役不会消泯。

不幸的忠贞的姐妹——希望，
在昏暗潮湿的矿坑下面，
会唤醒你们的刚毅和欢颜，
一定会来到的，那渴盼的时光：
爱情和友谊一定会穿过
阴暗的闸门找到你们，
就像我的自由的声音
来到你们服苦役的黑窝。

沉重的枷锁定会被打断，
监牢会崩塌——在监狱入口，
自由会欢快地和你们握手，
弟兄们将交给你们刀剑。

卢　永　译

▌情境赏析▐

普希金在诗中高度评价了十二月党人理想的事业，盛赞他们做出的牺牲不会白白地消亡。热忱地鼓励他们要勇敢坚定，乐观向上，保持革命者的气节。虽然遇到挫折和灾难，但总会有希望。他们的爱人和同志就没有忘记他们，把爱情和友谊送到他们的身旁。最后，普希金充满信心地预言道：十二月党人必然获得自由，反对专制政权的斗争必将取得胜利！全诗像在高歌，又似低沉的誓言。音韵铿锵有力，情绪高昂镇定，从中看不出一点儿忧伤和沮丧。在这高昂和响亮的音调中，还可以听出对战友的如海深情。

▌名家点评▐

在沙皇尼古拉黑暗统治的年代里，"只有普希金的响亮和辽阔的歌声，在奴役和苦难的山谷里震荡着；这个歌声继承了过去的时代，用勇敢的声音充满了今天的日子，并且还把它的声音送向那遥远的未来"。

——（俄）赫尔岑

在人世的、凄凉的、无边的草原

在人世的、凄凉的、无边的草原，
隐秘地破土流出三股泉水：
青春的流泉，迅疾骚乱的流泉，
沸腾着，奔流着，闪着光，潺潺不息。
卡斯塔里清泉以其灵感的波澜
在人世的草原上为被流放者解渴。
最后的清泉——冰冷的、遗忘之泉

比什么都甜蜜地消解着心儿的燥热。

卢　永　译

给基普连斯基

反复无常的时髦的宠儿，
你，虽不是英国人，法国人，
你却重新创造了，亲爱的魔法师，
创造了我这个真正缪斯的门人，——
我一向嘲笑坟墓，我永世
和致命的枷锁没有缘分。

我看自己和照镜子无异，
但这面镜子却会把我奉承。
它向我宣布，我不会贬低
庄重的阿俄尼得斯的偏心。
因此，我的肖像将来定会
在罗马、德累斯顿、巴黎闻名。

卢　永　译

1825 年 12 月 14 日十二月党人起义失败给普希金很大的打击，社会上也出现一个革命气氛消沉的时期，但他并没有从此寂寞，总在怀念旧日的朋友。于是 1827 年写下了这首《阿里翁》表露心曲。诗题之所以用"阿里翁"原因之一可能是为了迷惑检察机关。

我们很多人都在独木舟上；
有些人跑过去拉起风帆，
有些人友好地摇橹开船，
有力的橹将我们引进大洋。
聪明的舵手寂静中俯身把舵，
无言地操纵着沉重的独木舟；
而我——憧憬着未来毫无隐忧——
为航海家歌唱……突然旋风怒吼，
一个来袭，掀起滔天大波……
死去了，我们的航海家和舵手！——
只有我，我这个神秘的歌手，
被风暴和海浪推到了海岸，
我仍然唱着昔日的颂歌，
同时把我的湿透了的衣着
借着阳光放在岩石上晒干。

卢 永 译

情境赏析

这首诗共 15 行，第 9 行作为分界的标志，将全诗分为两部分。第一部分写水手们齐心协力地驾舟，而"我"在无忧地为他们唱歌，诗人用朴实、平静的语言表现了大海中的一叶小舟在"聪明的舵手"和众人的齐心下坚定而顺利地航行。但是，第二部分开始，"突然"发生海难，同舟的人全都遇难，只有我一个人生还，场面激烈、悲壮。

诗　　人

当阿波罗还没有要求诗人
去从事一种崇高的牺牲，
他毫不经心地一头栽进
纷乱的人世的日常杂务中；
他的神圣的竖琴默默无言；
心灵体味着一种冰冷的梦，
在凡俗世界的孩子们中间
他也许比谁都不值得垂青。

但是只有上天的语声
和诗人敏感的听觉相碰，
他的心灵才会猛地一惊，
就像一只被惊醒的鹰。
他在人世的欢愉中受苦，
世间的各种流言和他无缘，
他不让自己骄傲的头颅

倒向人世的偶像的脚前；
他跑开了，粗野而威严，
充满叫喊和反叛的声音，
跑向无边的波浪的海岸，
跑进涛声滚动的槲树林……

卢　永　译

给朋友们

不，我不是一个佞人，虽然
我写诗对沙皇由衷地颂赞，
我大胆地表达自己的感情，
我的诗是发自肺腑之言。

我对他的的确确是喜欢：
他统治我们忠心耿耿、精神饱满；
他用战争、希望和勤恳的工作
蓦地使俄国生机盎然。
不是啊，虽然他血气方刚，
但是他统治者的心性并非凶残：
对被当众受到惩罚的人，
他却在暗地里给予恩典。

我的生命在放逐中流逝，
我忍受同亲人别离的熬煎，

但是他向我伸出了帝王的手——
于是我又出现在你们中间。

他尊重我心中的灵感，
他任凭我的思想翱翔，
我的心啊受到了感动，
我怎么能不把他赞扬？

我是佞人！不，弟兄们，佞人奸险：
他会给沙皇招惹来灾难，
他要从他的君主的权柄中
唯独排除掉一个恩典。

他会说：蔑视人民吧，
要把天性的温柔的声音掐断。
他会说：文明的果实
是一种反叛精神，是淫乱！

对于一个国家这是一种灾难——
如果只有奴才和奸佞围绕宝座转，
而上天挑选的诗人却站在一旁
沉默不语，两眼瞧着地面。

苏 杭 译

她的眼睛

她多么可爱——我在私下里说——

她是宫廷的骑士们的祸水，
她那双车尔凯斯人的眼睛
足可以同南方的星星，
更可以同诗歌相媲美，
她大胆地频频送秋波，
它燃烧得比火焰更妩媚；
但是，我应该承认，我那
奥列宁娜的眸子才算得美！
那里藏着多么深沉的精灵，
又有多少天真稚气的明媚，
又有多少懒洋洋的神情，
又有多少幻想、多少欣慰！……
她含着列丽的微笑低垂着眸子——
那副美惠女神的扬扬得意；
抬起眸子来呢——拉斐尔的天使
正是这样仰望着上帝的光辉。

苏　杭　译

毒　树

在那草木枯萎的、吝啬的荒原，
在那被酷热燎烤的大地上，
一棵毒树孤立于寰宇间，
就像一名戒备森严的哨岗。

焦渴的原野的大自然
生育了它，适逢盛怒的一天，
于是拿来毒汁把它的根
和暗淡无光的枝叶浇灌。

毒汁从它的皮下一滴滴溢出，
由于炎热，晌午时化成稀汤，
到黄昏时分，它又凝成了树脂，
那质地让人看上去又稠又亮。

连鸟儿也不向它这里飞来，
老虎也不会问津：只有黑旋风
才会向这棵死亡之树袭来——
然而飞去时，却已腐烂透顶。
如果乌云翻来覆去地滚动着，
给它的茂盛的叶子洒些雨露，
那么雨水就会沾染上毒汁，
从它的枝头滴进炎热的沙土。

然而有人却把别人派到
毒树那里，——是那样地颐指气使，
于是那人恭顺地上路了，
次日天一亮就带回来了毒汁。

他献上了致命的树脂，
还有叶子已经凋萎的树枝，
汗水有如清凉的小溪，
从他苍白的前额流淌不止；

献完了——也就精疲力竭地
倒在窝棚拱顶下的树皮上，
这个可怜的奴隶就这样
死在了无敌的君主的脚旁。

而沙皇就是用这种毒汁
浸透了他那恭顺的羽箭，
然后同毒箭一起把死亡
向四面八方的邻邦发遣。

苏　杭　译

诗人和群氓

诗人用手指漫不经心
拨弄着充满灵感的七弦琴。
他吟唱着——周围一群冷漠、
目空一切而又凡俗的人
一窍不通地听着他的歌吟。

于是迟钝的人群议论纷纷：
"他干吗吟唱得响遏行云？
枉费心机地使耳朵震惊，
他想把我们向何处指引？
他乱弹什么？教给我们什么？
干吗像随心所欲的魔法师

激动和折磨我们这颗心？
他的歌吟像风儿一样奔放，
然而也和风儿一样无迹可寻：
它能把什么好处给予我们？"

诗　人

　　住嘴吧，一窍不通的人们，
卖苦力的奴隶，只知为温饱操心！
你们鲁莽的怨言我感到厌恶，
你们是人间的群氓，不是上天的子孙；
在你们看来，好处就是一切——
你们把阿波罗雕像拿去评两论斤。
它的种种好处你们却全然不见。
然而，要知道，这大理石可是神！……
那又怎样呢？陶罐对你们更珍贵：
你们可以拿它给自己烧煮食品。

群　氓

　　不，如果你是上天的选民、
上帝的使者，你就该为我们
发挥你的天赋，谋求福利：
解救我们哥儿们的心。
我们卑贱，我们奸诈狡猾，
不知廉耻，忘恩负义，残暴凶狠；
我们是一群心肠冷酷的人，
是诽谤者，是奴隶，是蠢货，
陋习在我们心里扎堆生根。
你爱你的亲人，但是也可以

给我们一些大胆的教训，
而我们都准会听命于您。

诗　人

　　走开吧——性喜平和的诗人
同你们有什么关系！任你们荒淫，
放开胆子让心肠变得铁石般硬，
琴声不会使你们振作起精神！
心灵厌恶你们，犹如厌恶荒坟。
为了你们的恶毒和愚蠢，
你们依然拥有鞭子，拥有
牢房和斧头，直到如今；——
够了，你们这些疯狂的奴隶！
你们城市的喧嚣的街上
在清扫垃圾——这活儿有益身心！——
然而，你们的祭司是否能够
忘记自己的祭祀、祭坛和祭礼
而拿起扫帚来拂拭灰尘？
不是为了生活中的费神劳累，
不是为了战斗，不是为了贪心，
我们生来就是为了灵感，
为了祈祷和美妙的琴音。

苏　杭　译

在一本书中，诗人发现了一朵干枯的、失掉了芳香的小花，面对这朵被遗忘的花，诗人敏锐地体味着生活，以他对万物的温情不禁浮想联翩：这花于何时开在何处？是何人为何将它采下？采花人如今又何在？

我看见一朵被遗忘在书本里的小花，
它早已干枯，失掉了芳香；
就在这时，我的心灵里
充满了一个奇怪的幻想：

它开在哪儿？什么时候？是哪一个春天？
它开得很久吗？是谁摘下来的，
是陌生的或者还是熟识的人的手？
为什么又会被放到这儿来？

是为了纪念温存的相会，
或者是为了命中注定的离别之情，
还是为了纪念孤独的漫步
在田野的僻静处，在森林之荫？

他是否还活着，她也还活着吗？
他们现在栖身的一角又在哪儿？
或者他们也都早已枯萎，

就正像这朵无人知的小花？

戈宝权　译

▌情境赏析▌

在这首诗的第一段，诗人给出一个概括的思想：在一本书里偶然发现一朵干枯的小花，这激起了诗人"奇异的幻想"。接下来的全诗，便是这一主题的继续发展，或者说，便是对这一"奇异的幻想"的细细梳理和深入剖析，一系列的假设由此摊开，一连串的问题相继提出，给读者创造出一个广大的想象空间，营造了一个个富有浪漫情调和温柔色彩的意境。全诗完全由问题构成，诗人没有提供答案，似乎，读者也不需要答案。总之，普希金创作的一大特点，就是在一首诗（或一段诗）的开头给出一个总的诗题，然后以平行的方式展开总题，从不同的方面去丰富、细化主题，从而获得清晰具体、生动形象的诗歌效果。这就好比在画一棵大树，普希金多是大笔一挥，先画出主干，然后再一丝不苟地描绘每一根分枝，每一枚叶片。而这些"分枝"和"叶片"，又往往表现为排比的句式或并列的意象。在普希金那些"纯叙述"的诗作中，这一手法往往显得更加突出，如在短诗《高加索》《冬天，我们在村里该做点什么》以及长诗《叶夫盖尼·奥涅金》中所常见的那样。

俄国有漫长的冬季，俄国人也非常喜爱冬天，在俄国的文学、音乐、绘画和民间创作中，都有众多对冬天的精彩再现。普希金也写了许多以冬天为主题的诗篇，如《冬天的夜晚》《冬天的道路》和这首《冬天的早晨》等。

在这首《冬天的早晨》中描写的不只是美好的冬天的早晨，同时还体现了诗人同样美好的心境。

严寒和太阳；真是多么美好的日子！
你还有微睡吗，我的美丽的朋友——
是时候啦，美人儿，醒来吧：
睁开你为甜蜜的梦紧闭着的眼睛吧，
去迎接北方的曙光女神，
让你也变成北方的星辰吧！

昨夜，你还记得吗，风雪在怒吼，
烟雾扫过了混沌的天空；
月亮像个苍白的斑点，
透过乌云射出朦胧的黄光，
而你悲伤地坐在那儿——
现在呢……瞧着窗外吧：

在蔚蓝的天空底下，
白雪在铺盖着，像条华丽的地毯，
在太阳下闪着光芒；
晶莹的森林黑光隐耀，

枞树透过冰霜射出绿色，

小河在水下面闪着亮光。

整个房间被琥珀的光辉照得发亮。

生了火的壁炉

发出愉快的裂响。

躺在暖炕上想着，该是多么快活。

但是你说吧：要不要吩咐

把那匹栗色的牝马套上雪橇？

滑过清晨的白雪，

亲爱的朋友，

我们任急性的快马奔驰，

去访问那空旷的田野，

那不久以前还繁茂的森林，

和那对于我是最亲切的河滨。

戈宝权　译

▍情境赏析▍

　　第一节是一个惊喜的发现和兴奋的召唤：一个美妙的早晨。第二节是对忧伤的昨夜的回顾，两者在情绪上构成强烈的反差，形成对比。再看第二节和第三节：第二节写的是昨夜有过的风雪，第三节写的则是今晨壮丽的雪景，昨天和今天构成了诗中的第二个对比。但是，无论昨夜还是今晨，所写皆为外景，而第四节却返回了"房间"和"暖炕"，室外大自然的无常变化，与室内恒常的温暖构成一种对比。接着，诗人做了最后一个对比：待在热炕上舒服，驾上雪橇去造访自然是不是更好呢？这样一个接一个的对比，似乎在模拟大自然中风雪之夜与明媚之晨间的强烈对比，又仿佛在呼应自然突变中人的情绪的起伏跌宕。

这原是一首无题诗。"我曾经爱过你"的首句，能立即让人意识到，这是一首失恋诗。这首诗是写给谁的，一直无从查考。其实，又何必去查考？我们只要能从中读出普希金深深的眷念和真诚的祝福，就足够了。

我曾经爱过你：爱情，也许，

在我的心灵里还没有完全消亡；

但愿它不会再去打扰你；

我也不想再使你难过悲伤。

我曾经默默无语地、毫无指望地爱过你，

我既忍受着羞怯，又忍受着嫉妒的折磨；

我曾经那样真诚、那样温柔地爱过你，

但愿上帝保佑你，另一个人也会像我爱你一样。

戈宝权　译

情境赏析

这首诗是普希金最脍炙人口的诗篇之一。在爱情的世界里，没有嫉恨，没有绝望，只有宽怀与理解，爱一个人，即使她不爱你，也应当为她祝福。普希金这种积极的纯真爱情观与博大的胸怀不知感染了多少痴情男女，让他们在爱情的迷失中重新找到了正确的航标。

我的名字对于你有什么意义

我的名字对于你有什么意义？
它像拍击遥远海岸的沉闷涛声，
它像密林深处的夜半的幽响，
不会再在这个世界上留存。

在一篇纪念性的文章中，
它会留下无声的痕迹，
就像用难以辨认的文字
刻在墓碑上的潦草字体。

能有什么意义呢？在奔波
和烦扰中你早已把它忘记，
它也不会给你的心带来
什么清晰的温柔的回忆。

但是，当你悲苦时，在静夜里，
你会满怀柔情地叨念起我的名字，
你将会说，世界上还有人记得我，
还有一颗心为我跳动不已⋯⋯

丘　琴　译

《给诗人》这首十四行诗是对诗人的价值和使命的思考。诗中的"你"就是诗人自己，这首诗实际上是诗人对自己的告诫和自勉，是诗人为自己立下的座右铭。

诗人！切莫看重时人的癖好。
狂热捧场的片刻喧闹即将平静；
你会听到蠢货的指责、群氓的嘲笑，
但是，你要镇静，你要沉着、坚定。

你就是主宰：你要掌握自己的方向，
走上自由的智慧指引的自由大道，
要把你自己设计的作品细刻精雕，
这种高尚的业绩并不要求奖赏。

作品是你的创造。你是自己最高的裁判；
你会比任何人更严刻地对它进行评断。
你是否感到作品完美，严格的艺术家？

感到完美？那就任他们去胡说，
任他们在燃烧你的心火的祭坛前作恶，
任他们顽童一般摇晃你那三脚架。

丘琴 译

▌情境赏析▌

这首诗写于 1830 年 7 月 1 日，而在这前后普希金的作品相继受到批评界的冷遇，众多浅陋的人垄断了当时的报刊，对普希金进行嘲讽和攻击。因此诗人这首诗中的每一行都不是孤傲的表露，而是有所指的，是对当时的责难的回应，是对自己的所作所为的意义和影响充满自信。

▌名家点评▌

一提到普希金的名字，就会立刻想到俄国民族诗人。事实上，在我们的民族诗人中，没有一个及得上他，而且没有一个人能更适宜于被称为民族诗人……在他身上，俄国的大自然，俄国的精神，俄国的语言，反映得这样纯洁，这样净美，有如突出的光学玻璃上面所反映出来的风影。

——（俄）果戈理

圣母

此诗是普希金给他的未婚妻娜塔丽娅·冈察洛娃的。诗人在彼得堡的一家商店看到一幅圣母像，因那幅圣母像的美以及她与自己未婚妻的相像而震惊，随后写了此诗。经历坎坷的爱情生活之后，"漂泊不定的命运"的诗人，终于找到了爱情的归宿。

我从来不愿意用古典大师们
许多作品装点我的居室，
使得来访的人盲目地吃惊，
听取鉴赏家们自我吹嘘的解释。

在工作间歇时我百看不厌的画
只有挂在素洁屋角的那一幅：
画面上仿佛从彩云中走下
圣母和我们的神圣的救世主——

她的神态庄严，他的眼中智慧无量——
他们慈爱地望着我，全身闪耀着荣光，
没有天使陪伴，头上是锡安的芭蕉树。

我的心愿终于实现了，造物主
派你从天国降临到我家，我的圣母，
你这天下最美中之最美的翘楚。

丘 琴 译

▌情境赏析▐

　　普希金的未婚妻的确是莫斯科城出名的美人，普希金将她比作画中的"圣母"，是十分合理的。"圣母"的比喻是最恰当不过的，它既表达了诗人对未婚妻之美的由衷赞叹，也是未婚妻在诗人心目中端庄、圣洁形象的一种再现。他写给娜塔丽娅的诗屈指可数，如《不，我不看重躁动的享受》（1831 年）、《是时候了，我的朋友！心祈求安宁》（1834 年）、《我们走吧，我已做好准备》（1829 年）、《致权贵》（1830 年）。

我记起早年学校生活的时期

我记起早年学校生活的时期；
许多孩子都像我们这样，无忧无虑；
像一家人，天真活泼，年龄参差不齐。

一个衣着非常简朴、很善于自律，
而看上去却庄重大方的女人，
严格地管理着学校，井然有序。

有时，我们一大群将她围在当中
她便用和蔼可亲的、甜蜜的语言
和我们这些孩子们聊上一阵。

我记得她的额头平润有如床单，
两只眼睛有如晴天一样的明朗。
但是，我却很少注意她的教言。

她的额头、平静的双唇、她的目光——
庄重的美，加上她的圣洁的话语，
都搅扰着我的心，使我难免惆怅。

我一面回避着她的责备、她的劝谕，
一面对她真诚的谈话的明白含义
不做正确的解释，反而加以歪曲。

我常常悄悄地在庄严迷人的夜里
跑出了学校，溜进别人家的花园，
在绯红色岩石砌成的拱顶下隐蔽。

在那里，我通体感到凉爽和舒坦，
我任我少年头脑里的种种幻想驰骋，
悠远无拘的想象给了我多少安慰。

我喜爱清澈的流水、树叶的喧声，
我喜爱树荫下那些白色的石雕，
和它们那沉思默想的感伤的面容。

所有这些圆规和竖琴的大理石雕
握在大理石手里的刀剑和文卷，
头上的桂冠和肩上帝王的大红袍——
所有这一切使我产生某种甘甜，
某种敬畏；每当我看到了它们，
灵感的泪水便充满我的双眼。

还有两个作品真可谓巧夺天工，
它们以其魔幻般的美吸引着我：

这俨然是两个魔鬼的逼真造型。

一个（阿波罗的偶像）年轻的，让人着魔——
他的脸上是愤怒，是可怕的傲慢，
一种非人间的力量使它生机勃勃。

另一个造型是妇女，充满无边欲念，
一个怀疑一切的和伪善的理想——
神奇的恶魔——伪善，但却美艳。

面对它们我连自己都忘得净光；
一颗年轻的心在胸中跳动，冷流
跑遍我的全身，我感到十分恐慌。

由于过早地希求还属未知的享受
使我大吃苦头——灰心加上慵懒
捆住我的手脚——我的青春年华虚度。

在少年们中间我终日里默默无言，
皱着眉头流荡——所有花园里的偶像
都把它们的影子抛向我的心坎。

丘　琴　译

你离开了这异邦的土地

你离开了这异邦的土地，
向祖国遥远的海岸驶去；

在那永世难忘的悲伤时刻，
我在你面前抑制不住地哭泣。
我的一双冰冷的手，
竭力想要把你挽留；
我恳求你不要松开拥抱，
在这断肠的别离的时候。

但是，你却把唇儿移开，
扯断了这痛苦的一吻；
你要我摆脱流放的生活，
黑暗的生活，到异地去安身。
你说："我等待相会的日子，
头上是永远蔚蓝的天空，
在橄榄树下，我的朋友，
我们将重温爱的热吻。"

唉，就在那个地方，天穹
蔚蓝蔚蓝的一片光明，
水中倒映着橄榄树影，
你却长眠，一梦不醒。
你的美貌，你的苦痛，
全都消失在墓穴之中，
连同那再会时的抱吻……
可是我等着它；你曾应允……

丘　琴　译

我在忧伤的惊涛骇浪中成长

我在忧伤的惊涛骇浪中成长，
岁月的洪流曾是那样长久地激荡，
如今沉寂了，显得短暂的睡意蒙眬，
水流中照出一面清澈明净的天空。

可是，这又能持续多久？……看上去，
那昏天黑地的日子，痛苦的诱惑，都已过去……

李　海　译

我的朋友，时不我待

我的朋友，时不我待！心儿祈求安宁——
日子一天天地逝去，我们的生命
随着岁月点点滴滴地消失，我同你
才要去享受生活，可是余生已所剩无几。
世上毫无幸福可言，但宁静与自由还有。
我早已向往得到这令人钦羡的自由——
我这个疲惫不堪的奴仆早曾想过，
要深居简出，生活安乐，从事创作。

李　海　译

夜莺

《夜莺》是普希金搜集整理或编译的民歌组诗
《西斯拉夫人之歌》中的第 10 首，这首《夜莺》编
译自著名的塞尔维亚语言学家伍克·卡拉季奇编纂
的《塞尔维亚民歌》。普希金有意将原诗的题目
《三个最大的忧伤》改为《夜莺》。

我的夜莺啊，我的小夜莺，
你这只树林里的小鸟儿！
你啊，你这只小鸟儿啊，
你有着三支始终不变的歌，
我啊，我这个年轻人啊，
有着三件大心事！
第一件大心事啊，——
是年轻人很早要成婚；
第二件大心事啊，——
是我的黑马已经疲困；
第三件大心事啊，——
是恶毒的人们
把我和美丽的姑娘拆散。
在田野里，在宽阔的田野里，
你们为我掘一个坟墓吧，
在我的头顶上
栽上几株鲜红的花朵，

而在我的脚边

引来一道清澈的水泉。

当美丽的姑娘们走过，

她们要为自己编起花冠。

当年老的人们走过，

他们就会掬饮清凉的水泉。

戈宝权　译

情境赏析

《夜莺》是一首忧伤之歌，而这忧伤的歌中又有一点儿温情、明朗的色彩，这全有赖于普希金诗歌语言单纯、朴素，更具有表现力和突出的造型效果的特点。普希金在现实生活中的每一个角落都捕捉到诗意，并且用异常简洁的语言表现了自己的内心感受。

名家点评

这里没有美的辞藻，这里只有诗，这里没有外表的炫耀，一切是单纯的，充满了并非突然呈现的内在的光彩。

——（俄）果戈理

　　《鲁斯兰与柳德米拉》是普希金创作的第一部长诗，是利用民间文学题材写成的叙事诗，这是一部划时代的作品，曾轰动了当时的文坛，引起强烈的反响。

　　长诗不仅歌颂忠贞的爱情、惩恶扬善的主题，同时也歌颂了伟大的民族解放，这对俄国童话做出了重大的革新。

　　美丽的女郎，我心中的女皇，
在那美妙的闲暇时光，
倾听饶舌的古代的诉说，
用忠诚的手记叙成行，
我特意为你们写下了
这些古老神话的篇章；
请收下我这游戏笔墨！
我不企求任何人的褒奖，
假如少女怀着爱的战栗
竟然会用偷偷的目光
瞥一下这罪恶的诗篇，
我就会感到幸福无疆。

　　海湾上有一棵绿橡树，
橡树上有一条金链子：
链子上有一只有学问的猫，

不分黑天白日转来转去；

往右一转——唱一支歌，

往左一转——讲个故事。

　　那里净怪事：林妖到处走，

女水妖高高坐在树梢；

那里有无人知道的小道，

道上有无人见过的兽踪；

那里有座小房，修在鸡腿上，

没有一扇门，没有一扇窗。

那里森林和山谷净是妖精；

那里天亮的时候波涛汹涌，

涌上阒无人迹的沙滩，

便有三十个漂亮的勇士

一个一个从清澄的水里出现，

后面跟着他们海里的头领。

那里有个王子不费吹灰之力

便俘虏了威风凛凛的沙皇。

那里有个魔法师会腾云驾雾，

越过森林，越过海洋，

半天空还带着一个勇士；

那里有个公主在牢房里悲伤，

有只褐狼为她忠心效力；

那里有个石臼会走路，

跟着妖婆雅加走来走去；

那里卡谢伊皇上守着金子发愁；

那里有俄国味儿……那里有罗斯气息！

我到过那里，在那里喝过蜜酒；

在海边看到了绿橡树；

还在树底下坐了很久，
会说话的猫给我讲故事，
其中有一个我还记得：
现在就给大家说一说……

第一章

早已逝去的岁月的故事，
遥远遥远的古代的传说。

在高大的客厅，弗拉基米尔太阳
大摆酒席，宴请宾朋，
一群壮实的儿子在身边侍立。
他正主持幼女的婚礼：
把她嫁给勇敢的鲁斯兰公爵，
为了祝福他们的健康，
举起一大杯蜜酒，一饮而光。
我们祖先的宴会颇费时间，
一把把大勺子，一只只银杯，
装着冒沫的啤酒和果酒，
在席间传递，传得很慢。
杯沿上的泡沫咝咝作响，
酒把快乐浇到人们心上。
司酒官神气活现地送上美酒，
对客人躬身施礼伺候。

人声嘈杂，响成一片；
快活的客人，笑语不断；
突然响起一阵悦耳的歌声，

响亮的古丝理流利婉转；
顿时鸦雀无声，聆听巴扬的歌唱，
这甜蜜的歌手把新人颂扬，
赞颂美丽的柳德米拉和鲁斯兰，
赞颂列丽为他们缔结良缘。

　　钟情的鲁斯兰不吃也不喝，
热烈的爱情使他疲惫不堪，
只管眼睁睁地望着新娘，
又叹息，又生气，心急如煎，
烦躁得直拔自己的胡子，
心里计算每一秒时间。
在这热热闹闹的喜宴上，
也有三个年轻勇士坐在一边，
快快不乐，愁眉苦脸；
默默对着空了的大勺子，
竟然忘记了传杯递盏，
山珍海味也难以下咽。
他们低垂困惑的目光，
先知巴扬的歌声根本没听见。
他们仨都是鲁斯兰的情敌。
原来这三个不幸的勇士
心里藏着爱情和仇恨的毒汁。
一个叫罗格代，勇敢的武士，
曾用宝剑为基辅开拓疆域，
使它那富饶的土地辽阔无比。
另一个叫法尔拉夫，傲慢的牛皮大王，
在酒宴上他所向无敌，

在战场上，却是个孬种。
第三个叫拉特米尔，可萨汗，
这个年轻人害了相思病。
三个人脸发白，闷闷不乐，
在快乐的酒宴上也不高兴。

　　宴席散了；人们纷纷站起，
闹哄哄的，这儿一堆，那儿一群，
大家都注视着这对新人：
新娘连忙低垂下眼睛，
仿佛她心中并不高兴，
快乐的新郎满面春风。
但夜色笼罩整个自然界，
时间快到三更半夜；
群臣喝得直打瞌睡，
向大公施礼，纷纷告退。
新郎兴高采烈，欣喜若狂，
在想象中百般爱抚
这娇羞美貌的新娘；
大公心里固然感动，
可也不乏秘密的怅惘，
祝福年轻人成对成双。

　　于是，年轻的新娘
被送上新婚的绣床；
灯都熄了……只有列丽
把那盏长明灯点亮。
朝朝暮暮的愿望实现了，

只等待对爱情献出馈赠；

忌妒的衣服一件件脱掉，

往皇城的地毯上一扔……

您可曾听见爱的絮语

和那甜蜜蜜的接吻声？

还有最后一点点羞怯、

断断续续、含糊的娇嗔？

新郎预感到无穷乐趣；

欢娱的时辰终于降临……

突然一声霹雷，雾中一道闪电

灯灭了，四周黑烟迷漫，

顿时一片漆黑，天旋地转，

鲁斯兰也吓得心惊胆战……

一切又沉寂了。在可怕的寂静中，

响起两声蹊跷的怪叫，

有个人影，周身黑烟缭绕，

盘旋腾空，消失在黑雾中……

洞房又空了，鸦雀无声；

吓坏了的新郎猛然坐起，

脸上滚下大颗的冷汗，

哆哆嗦嗦伸出冰冷的手

去询问那无声的黑暗……

糟了，心爱的妻子杳无踪影！

他伸出的手扑了个空；

黑暗里不见了柳德米拉，

不知被什么怪物掳走啦。

啊，一个被爱情折磨的人，

默默忍受单相思的痛苦，
这样的日子固然凄凉，
我的朋友，总还可以对付。
但是，经过多年的爱慕，
不知流了多少泪，受了多少苦，
终于得以拥抱心上人，
突然变成霎时间的夫妻，
从此永远失去了她……啊，朋友，
当然，还不如叫我死去！

可是不幸的鲁斯兰依然活着。
那么大公可有什么话讲？
可怕的消息使他大吃一惊，
他把满腔怒火发泄到女婿头上，
派人把他和侍从一齐找来，
劈头就问："柳德米拉在哪儿，在哪儿？"
他火冒三丈，怒容满面。
鲁斯兰却什么也没听见。
"我的儿郎！从前的功劳我不会忘，
啊，你们可怜可怜我这老头子吧！
请问，你们谁能骑上快马
去找我女儿？谁能找到，
就立一大功，定有重赏，
我愿把女儿嫁给他，
分出一半国土做嫁妆。
至于保不住妻子的草包！
只有让他去伤心，去哀号！
大小儿郎，谁自告奋勇？……"

"我！"愁苦的新郎答应一声。

"我！我！"罗格代和法尔拉夫，
还有兴高采烈的拉特米尔齐声高呼：
"我们马上就给马备鞍，
走遍全世界也心甘情愿。
父王不必担心，用不了多久，
我们找到公主，就来相见。"
老人思念女儿，痛不欲生，
向他们伸出双手，老泪纵横，
默默无言地表达感激之情。

　　他们四个人一起走出宫门；
鲁斯兰垂头丧气，神情颓唐，
他一想到失去的新娘，
便不胜痛苦，嗒然若丧。
他们一齐跨上骏马，
沿着富饶的第聂伯河岸
奔驰如飞，跑得尘土飞扬；
不一会儿他们就消失在远处，
四个骑士已经踪影皆无……
但是大公依然呆呆站立，
久久望着空旷的野地，
他的心早已跟着他们飞去。

　　鲁斯兰默默忍受着痛苦，
懵懵懂懂，昏头昏脑。
法尔拉夫跟在鲁斯兰后面，
傲慢地歪着头，神气地叉着腰，

显出一副不可一世的气概。
他对大家说："朋友们，
我好容易得到了自由！
喂，我会不会马上遇见巨人？
这可真要鲜血流成河，
为了忌妒的爱情，总得有牺牲！
我的骏马和忠诚的宝剑，
高兴吧，你们可以大显本领！"

可萨汗心里正做着美梦，
仿佛他已把柳德米拉抱在怀中，
差一点儿在马鞍上跳起舞来；
年轻的血液在他身上沸腾，
眼睛里充满希望的火花：
忽而策马飞驰，快似流星，
忽而故意逗弄一下烈马，
让它转个圈儿，让它直立，
然后朝山冈疾驰而去。

罗格代脸色阴沉，默默无言……
不可知的命运令他胆寒，
徒然的忌妒令他苦恼，
三个人就属他心神不安，
他的目光阴森可怖，
频频投向公爵鲁斯兰。

四个对手沿着一条路
一起走了整整一天。
第聂伯河的坡岸渐渐模糊；

黑暗的夜色从东慢慢袭来，
深深的第聂伯河上升起大雾；
他们的马儿应该休息了。
这时山脚下有一条大路
跟另一条大路互相交叉。
他们说："我们就在这儿分手吧！
听凭不可知的命运的摆布。"
于是，每人的马都随着游缰，
任意挑选自己的道路。

　　不幸的鲁斯兰，你一个人
在这寂静的荒野里怎么办？
柳德米拉、可怕的婚礼之日，
你觉得都像梦境一般。
你把铜盔压到眉毛上，
有力的手把缰绳扔掉，
骑着马在荒野里慢步走去，
心中的希望渐渐破灭，
你的信心也发生动摇。

　　突然，勇士面前出现个山洞，
洞里透出隐约的亮光。
他径直走到沉睡的拱顶底下，
这拱顶跟大自然一起诞生。
他无精打采地走进去，
就见一位白胡子老者坐在洞中，
神态安详，目光平静。
面前点着一盏油灯；

正对着一本古代的经书，
低头阅读，聚精会神。
"欢迎你，欢迎你，我的孩子！"
他对鲁斯兰说，满面带笑。
"我一个人在这儿待了二十年，
困苦、孤独、年迈、衰老，
现在终于盼到这一天，
这一天我早已算计到。
我俩注定要在这儿相逢；
坐下听我说说去脉来龙。
鲁斯兰，你失去了柳德米拉；
坚强的精神失去力量；
然而灾难转眼就会过去，
你不过暂时交了厄运。
你要保持希望和快乐信心，
勇往直前，不可颓丧；
用你的剑和勇敢的胸膛
披荆斩棘，直向北方！

　　你要知道，鲁斯兰：欺侮你的
是可怕的魔法师黑海神，
他一向专门抢劫美女，
他是北山的一方之君。
直到现在，他的洞府
任何人都没亲眼见过；
但你善于识破诡计凶狠，
你一定能进去，并且亲手
把这个坏蛋斩草除根。

我用不着对你多说：
我的孩子，全靠你自己
去掌握你未来的命运。"

　　我们的勇士跪在老者面前，
吻着他的手，喜笑颜开。
他眼前的世界一片光明，
他的心早已忘记了痛苦。
他又精神焕发；可是突然，
兴奋的脸上又愁云密布……
"你犯愁的原因我知道，
你的忧愁也不难驱除，"
老人说，"你一定觉得
白发巫师的爱情可怖；
你只管放心：他枉费心机，
他的爱情对少女丝毫无用。
他可以从天上摘下星星，
他呼哨一声，月亮也要打战，
可是只要违背时间的规律，
他的法术就一点儿也不灵。
他不过是忌妒、胆小的门神，
看守着冷酷无情的大门。
他对掳来的美女无能为力，
只好千方百计折磨这个女人。
他一声不响围着她转，
对不幸的命运诅咒不已……
可是，真正的勇士，天晚了，
你也需要休息休息。"

鲁斯兰躺在柔软的青苔上，
面前的篝火摇摇欲熄；
他本想尽快进入梦乡，
却翻来覆去，唉声叹气……
怎么也睡不着，勇士终于说：
"就是睡不着，也不知怎么的，
神父，我这心里真难受，
觉也睡不成，活着真没趣。
请你讲讲修行的故事，
让我心里也敞亮敞亮。
原谅我提个冒昧的问题。
请告诉我，恩人，你是谁？
你为什么神通广大，未卜先知？
谁把你带到这荒凉的土地？"

老人凄然一笑，叹了口气。
然后回答说："可爱的孩子，
我生在芬兰，早已忘记了遥远祖国的阴郁的土地。
从小就给邻村的人家放羊，
在没人知晓的山谷里跑来跑去。
在无忧无虑的少年时代，
我只熟悉潺潺的小溪、
蓊郁的树林和家乡的山洞，
还有野蛮的穷孩子的游戏。
但是在这快乐的幽静里，
我也没能过上多少日子。"

那时，离我们村子不远，
有一个叫纳伊娜的姑娘，
美貌出众，远近闻名，
好像空谷的鲜花一样。
有一次，正是清晨时候，
我赶着羊群，奔问茂密的草场，
一边悠闲地吹着风笛；
前面有条小河哗哗响。
就见一个年轻美丽的姑娘，
坐在河边编她的花环。
这一定是命运叫我们相见……
啊，勇士，她就是纳伊娜！
我走上前去，大胆地看了一眼，
心头随即燃起致命的火焰，
于是，我的心尝到了爱的酸甜，
既有像天堂一样的欢乐，
又有难挨的痛楚的思念。

转眼，半年已经过去；
我颤抖着向她吐露心曲，
对她说：纳伊娜，我爱你。
但是纳伊娜只顾芳姿自赏，
对我胆怯的苦衷傲然不理，
只是冷冰冰地回答说：
"牧童，我可不爱你！"

从此我觉得一切都暗淡无光：
家乡的房屋、树林的绿荫、

牧童们的快活的游戏——
任什么也解不了我的苦闷。
忧愁的心变得枯干、消沉。
于是我终于打定主意：
离开芬兰这块土地；
带上一支亲如兄弟的队伍，
越过大海的险恶的旋涡，
我将用赫赫的战功
赢得纳伊娜的秋波。
我找来一群勇敢的渔民，
去寻找冒险的营生和黄金。
于是，在我们平静的家乡
第一次听到宝剑的铮铮
和战船发出的厮杀声。
我带着一群大胆的同乡
满怀希望出发远航；
我们经过十年的征战，
使敌人血染冰雪和波浪。
我的威名传扬开去；
别国的皇帝魂不附体；
他们那些高傲的卫队
一见北国的宝剑，望风披靡。
我们杀得痛快，杀得残酷，
礼物和贡品，大家均分，
把打败的敌人也找来，
握手言欢，开怀畅饮。
但在战斗和酒宴的喧闹中，
我的心一直把纳伊娜思念，

一直被秘密的痛苦所折磨，
一直向往芬兰的海岸。
我对弟兄们说，该回家了，
让我们把用不着的铠甲
挂在家乡的小屋中间。
说完，响起一片桨声：
于是把恐怖抛在后边，
我们大家兴高采烈
飞归亲爱的祖国的海湾。

多年的梦想已经实现，
热烈的爱情已经如愿！
那甜蜜的会面时刻，
你终于闪耀在我的眼前！
我带着血迹斑斑的宝剑，
还有珊瑚、黄金和珍珠，
来向高傲的美人呈献；
她那些忌妒的姐妹，
默默不语，把我团团围住，
我陶醉在热烈的情欲中，
站在她面前，像个温顺的俘虏；
可姑娘却躲开我，扬长而去，
佯作不睬地说了一句：
"英雄，我可不爱你！"

这些往事没有心思去讲，
我的孩子，讲了有什么用处？
现在我落得孤苦伶仃，

心灰意冷，行将就木。
但是，这些痛苦又忘不掉，
有时候，把往事回顾，
顺着我这雪白的胡须，
会流下大颗大颗的泪珠。

  但是我告诉你：在我的家乡，
住在荒凉海边上的渔夫，
却有一种奥妙无穷的法术。
在那永恒寂静的天幕下，
有些白发苍苍的魔法师
住在森林的僻静之处；
他们把心血都用于探求
高深莫测的玄妙事物；
一切都听从他们可怕的声音，
不论是已经或即将发生的事，
就连死亡和爱情本身，
都要服从他们可怕的意志。

  于是，我这个痴情的人，
在忧郁苦闷中灵机一动：
我要用魔法赢得纳伊娜的垂青，
在冷冰冰的姑娘高傲的心中
用魔法点燃起她的爱情。
我急忙投入自由的怀抱，
跑到幽静、黑暗的森林里
去向那些魔法师求教，
在那里不知度过多少岁月。

盼望已久的时刻终于来到，
我用自己的聪明才智
掌握了大自然可怕的秘密：
我学会了使用咒语。
爱情、欲念，我定会如意！
这回，纳伊娜，你是我的了！
心中暗想：这是我们的胜利。
其实，胜利者还是命运，
它对我的迫害有增无减。

　　"我怀着年轻人的希望的幻想，
我怀着热恋的狂喜，
急急忙忙念起咒语，
我呼唤神灵——林中幽暗，
突然划过一道闪电，
妖风忽起，旋转呼啸，
脚下的大地发出震颤……
突然，一个老太婆坐在我面前，
白发苍苍，老朽不堪，
眼窝深陷，目光炯炯，
弓腰驼背，脑袋不住摇晃，
这是一副多么凄惨的老相。
啊，勇士，她就是纳伊娜！……
我大吃一惊，哑口无言，
拿眼打量这可怕的幽灵，
将信将疑，不敢当真，
突然痛哭起来，大喊一声：
这可能吗！啊，纳伊娜，是你！

哪里去了，你昔日的容颜？
我问你，难道说老天竟然
使你发生这么大的改变？
想当初，我离开了红尘，
失去理智，离开恋人
能有多少年？……'整整四十年。'
这就是老处女关键的回答。
'今天我整整七十岁，'
她诉起苦来，'有什么办法，
岁月不饶人，一闪即逝，
你我的青春都已虚掷，
我们俩都已老朽啦，
但是，失去不定性的青春，
朋友，你听我说，未必是坏事。
当然，我现在满头白发，
也许还有一点儿罗锅，
跟从前的光景大不一样，
不那么漂亮，也不那么灵活，
可是（唠叨的老婆子补充说）
我告诉你个秘密：我是巫婆！"

　　她说的一点儿也不假，
我站在她面前，说不出话，
我奥妙的法术全无用处，
我变成了一个十足的傻瓜。

　　这有多么可怕：学会法术
反而招致这么大的不幸。

我那位白发苍苍的偶像
对我燃起了新的爱情。
丑老太婆把大嘴一咧，
脸上堆起可怕的笑容，
接着，用死人似的声音
嘟嘟哝哝地倾诉起衷情。
你可以想象我多么痛苦！
我颤抖着，低垂下眼睛；
她一边咳嗽，一边继续说
(她那肉麻的呓语令人难为情)：
"是的，我现在明白了自己的心；
忠实的朋友，我终于明白，
我的心为甜蜜的爱情而生；
感情苏醒了，心急如焚，
爱情的欲望使我苦痛……
快来投入我的怀抱吧……
啊，亲爱的，亲爱的！我爱得发疯……"

鲁斯兰呀，她这么说着，
眨动眼睛，神魂摇荡；
伸出两只枯干的手
抓住我的衣襟不放；
我吓得眯缝起眼睛，
六神无主，没了主张；
突然忍受不住，大叫一声
挣脱出来，逃之遑遑。
她在后面喊："你这没良心的！
扰乱了我平静的一生，

扰乱了天真少女的安宁！
你赢得了纳伊娜的爱情，
又一脚踢开——男人就是这样！
他们全都那么负心薄情！
唉，也要怪你自己骨头轻；
这个坏蛋诱惑了我！
我陶醉于狂热的爱情……
你这负心的人，恶魔！多么丢人！
可你勾引姑娘，必遭报应！”

"我们就这样分手了。从此，
我过着孤独的生活，
带着一颗破碎了的心；
在世上，只有大自然、智慧
和平静，能给老年人以安慰。
坟墓已向我发出召唤；
但是老太婆依然不肯
忘掉她从前那段热恋，
把爱情的迟暮的火焰
一气之下变成刻骨仇恨。
老巫婆有一副黑心肝，
专门喜欢作恶结怨，
当然也要恨你；不过，
人间的苦难不能永远不变。”

我们的勇士听老者的故事，
津津有味，听入了迷；
大睁着眼睛，毫无睡意，

思绪万千，竟没有觉察
漫长的黑夜悄然飞去。
于是灿烂的白昼降临了……
勇士抱住老魔法师
叹息一声，不胜感激；
他心中又充满了希望；
走出洞外，战马嘶叫，
他飞身上马，双腿一夹，
在鞍上坐稳，打了个呼哨。
"神父，请你千万保佑我。"
沿着空旷的草场飞跑。
白发的隐士望着背影，
祝年轻的朋友："一路顺风！
再见，爱你的妻子如同珍宝，
切莫忘记老年人的忠告！"

第二章

在武艺上竞争的对手，
你们之间不会讲和；
你们崇拜阴暗的名声，
你们从仇恨中寻求欢乐！
让世人在你们面前发呆，
为可怕的胜利而惊愕：
却没有人去怜悯你们，
也没人阻止你们相搏。
还有另一种艺术的对手，
就是你们——帕耳那索斯山的骑士，

收起你们不谦虚的争吵，

免得因此让人发笑，

你们可以吵架——只是小心为妙。

但是你们，情场上的对手，

如果可能，要和睦相处！

请相信我的话，我的朋友：

少女的心究竟属于谁，

命中注定，强求不得，

选中了他，他会在人前显眼；

可为这生气，愚蠢又罪过。

　　且说，桀骜不驯的罗格代

离开一路同行的伙伴，

独自向僻静的地方驰去，

心头有一种模糊的预感；

他陷于深沉的思虑，

走在荒凉的森林中间——

有一个恶魔前来诱惑他，

扰乱了他那苦闷的心弦，

于是阴郁的勇士低声说：

"我要杀死他……不顾一切艰难……

鲁斯兰……叫你认识认识我……

现在让公主哭上一会儿……"

他突然掉转了马头，

往回跑去，快似一溜烟。

　　这时，英勇无比的法尔拉夫，

整整酣睡了一个上午，

到小溪旁找个僻静地方，
避开正午烈日的光芒，
席地而坐，吃起午饭，
以便增添精神力量。
突然就见一个人骑着马
像狂风一样从野地里跑来；
法尔拉夫丝毫不敢怠慢，
丢下没有吃完的午饭、
长矛、手套、铠甲和头盔，
跳上马鞍，奔跑如飞，
连头也不回——后面的人紧追。
"站住，你这可耻的逃兵，"
陌生人朝法尔拉夫喊叫起来
"卑鄙的家伙，看我撵上你，
看我拧掉你的脑袋！"
法尔拉夫听出罗格代的声音，
吓得发抖，若痴若呆，
碰上罗格代，管保送死，
加鞭打马，跑得更快。
好像兔子见到了猎狗，
吓得耷拉着耳朵，
急忙跳过田野和草墩，
三跳两跳，穿过树林。
就在他仓皇逃命的地方，
被春光融化了的雪水流淌，
汇成一道道浑浊的水沟，
冲开大地湿润的胸膛。
他的战马直奔水沟而来，

晃着尾巴，摇着白鬃，
把铁嚼子咬得紧绷绷，
纵身一跳，越过水沟。
但是胆小的骑士脚朝天
重重摔到浑浊的水沟里，
晕头转向，不分东西，
心里想这回定死无疑。
罗格代来到水沟跟前，
已经举起无情的宝剑；
"胆小鬼，你完了！死去吧！"他说……
突然认出了法尔拉夫；
呆呆地望望，把手垂下；
气恼、愤怒加上惊奇
一股脑儿流露在他脸上；
我们的英雄默默不语，
把牙咬得直响，低垂着头，
连忙拨马离开水沟，
真叫人又好气，又好笑……
笑他自己也昏了头脑。

这时，他在山脚下遇着
一个半死不活的老太婆，
弯腰驼背，白发苍苍，
用走路拄着的拐杖
指着北方对他说：
"你往那儿走，准找到他。"
罗格代听了，满心欢喜，
向死亡的方向飞驰而去。

我们的法尔拉夫生死如何？
他躺在沟里，连气也不敢出，
心中暗想：我还活着吗？
那个凶狠的对头哪里去了？
突然听到自己的头顶上
有个驼背老太婆向他招呼：
"起来吧，小伙子，四处静悄悄，
你再也遇不到任何武夫；
我把你的马也牵来了；
起来，你要听我的嘱咐。"

我们的勇士不禁羞愧难当，
只好爬出浑浊的水沟；
惊魂未定地四下张望，
叹了口气，打起精神说：
"啊，谢天谢地，我总算安康！"

"相信我吧！"老太婆接着说：
"柳德米拉难以寻找；
她跑到挺远挺远的地方，
咱们娘儿们没法把她找到。
到处乱闯，可是件险事儿；
说真的，你自己并不愿意跑。
你要能听我良言相劝，
悄悄地回家，比什么都好。
在基辅附近僻静的去处，
在你祖传的庄园里一住，

只管逍遥自在，不用劳神：
柳德米拉跑不出我们手心。"

　　说完就不见了。我们的英雄
觉得老太婆的话十分英明，
急急忙忙，动身回家，
心中早已忘却了虚名，
连年轻的公主也抛在脑后；
树林里稍稍有点儿动静，
山雀飞过，溪水潺潺，
都能令他胆战心惊。

　　这工夫，鲁斯兰走出老远，
穿过偏僻的森林和荒原，
他心中只有一个念头，
把心爱的柳德米拉思念，
自言自语说："能找到你吗？
你在哪儿，我心上的娇妻？
我还能看见你的明眸吗？
还能听到你温存的话语？
或者命中注定，你将成为
那巫师的永远的奴隶，
在凄凉和悲哀中渐渐衰老，
凋谢在阴暗的牢房里？
或者哪个大胆的对手抢了先？……
不，不，我最珍贵的朋友：
只要我这忠实的宝剑在手，
只要我的头还没被人搬走。"

　　有一天，天色昏暗，
我们的勇士沿河趱行，
岸边是一片峭壁巉岩。
一片安静。突然嗖的一声，
从背后飞来一支暗箭，
接着铠甲响，人喊马叫，
传来一阵低沉的马蹄声。
"站住！"一个响亮的声音喝道。
他回头一看：在野地里
一个气势汹汹的骑士举着长矛，
打个呼哨，向他扑来，
公爵拍马相迎，迅若雷霆。
"啊哈！到底撵上你了，等等！"
剽悍的骑士大喝一声：
"朋友，我们来决一雌雄；
现在你就在这里受死；
然后到阴间去找未婚妻。"
鲁斯兰气得发抖，脸涨红；
他听出了这蛮横的语声……

　　我的朋友们！公主怎样了？
暂且放下两个勇士不表；
过一会儿再来表述他们。
因为我早就应该交代一下
那位被抢走的年轻公主
和那个凶恶狠毒的黑海神。

　　我从小喜欢离奇的幻想，

不知羞耻地信口胡诌，
前面说过，在漆黑的夜里，
娇艳的柳德米拉被人掳走，
离开情火欲燃的鲁斯兰，
在一片云雾中间突然不见。
不幸的公主！那个坏蛋
伸出一只力大无比的手
把你从合欢床上抱起，
像旋风一样飞上云端，
穿过浓烟和一片瘴气
突然飞回他的宝山——
你昏昏沉沉，人事不省，
落到巫师可怕的城堡中间，
你脸色惨白，默默无语，
浑身一个劲儿地打战。

有一年夏天，我从自家门槛
看到一个类似的场面：
我家的公鸡从院中跑过，
它是鸡窝里高傲的苏丹，
正把胆小的母鸡追赶，
伸开缠绵多情的翅膀
已把情人抱在怀中；
它们头上有一只灰鹰
在天空中飞得十分悠闲，
它本是专偷小鸡的老手，
这时做出狡猾的盘旋，
准备采取致命的手段，

突然落到院里，快似闪电。
然后盘旋升起，飞上蓝天。
这个歹徒用可怕的利爪
抓住可怜巴巴的母鸡，
飞进石缝，黑暗又安全。
公鸡一下子吓得发呆，
悲痛欲绝，把情人呼唤，
可是千呼万唤，无人答应……
只见一根轻飘飘的羽毛
被轻飘飘的风吹得乱转。

　　年轻的公主躺到早晨，
昏迷不醒，痛苦难忍，
好像做了一场噩梦，
如今终于渐渐苏醒，
心里充满热烈的激情，
也夹杂着模糊的惊恐；
内心渴求满足和快乐，
陶陶然地寻找什么人；
你在哪儿，亲爱的，我的郎君？
她呼唤着，突然大惊失色。
战战兢兢地四下望望。
柳德米拉，哪儿是你的闺房？
不幸的少女躺在床上，
头底下枕着鹅毛枕头，
顶上是富丽的华盖锦帐；
帷幔和蓬松的羽毛褥子
饰着流苏和华贵的花样；

到处都是各色锦缎；
宝石像火炭一样闪光；
周围摆着许多金香炉，
烟雾缭绕，香气芬芳；
够了……好在魔窟的情景
用不着我来一一细讲：
早在我之前，山鲁佐德
就描绘过仙府，不厌其详，
但是，离开丈夫不会快乐，
不管洞府多么敞亮。

　　三个美貌无比的姑娘
穿着轻飘、美丽的裙衣，
来见公主，走上前来，
给她施礼，一躬到地。
于是，有一个姑娘，
轻轻悄悄地走到近前；
用她那轻灵的手指
为公主梳理金色发辫，
这种梳法今天已不新鲜，
又在公主苍白的额头
戴上缀着大珍珠的花冠。
接着，又过来一个姑娘，
羞答答地低垂着目光；
举起天蓝色的华丽长裙
给柳德米拉穿在身上；
拿来像雾一样透明的头纱
遮住胸脯和年轻的肩头

蒙住她那金色的鬈发。
忌妒的衣裳紧紧亲吻着
她那美似天仙的玉体；
轻巧的绣鞋裹着小脚，
那双小脚真是奇迹。
第三个姑娘给公主捧来
用珍珠编织的腰带。
这时还有看不见的魔女，
为她唱着快活的歌曲。
但是，不论宝石项链，
华丽长裙和珍珠成串，
还是献媚的快活的歌声，
都不能使她喜笑颜开；
镜子里照出她的花容
和华装丽服，也是枉然：
她低垂着发呆的眼睛，
默默无语，愁苦难言。

凡是喜欢了解真情的人，
看得透人们隐秘的心底，
他们当然心里明白，
女人要是伤心，哭哭啼啼，
一反平日习惯和理智，
竟然忘记对镜凝睇，
甚至不肯偷偷瞥上一眼，
她必定真是伤心已极。

现在又剩下柳德米拉一个人，

百无聊赖，心头烦闷，
走到钉着铁栏的窗前，
她的目光充满忧伤，
望着辽阔、阴暗的远方。
大地一片死气沉沉。
茫茫雪野像耀眼的地毯。
阴沉的山峰，层峦叠嶂，
全是单调的一片白色，
在永恒的寂静里沉入梦乡；
周围看不到冒烟的屋顶，
大雪封路，不见行人踪影，
荒凉的山谷里也听不到
快活的狩猎响亮的号角声；
有时，旷野里旋风大作，
发出凄凄惨惨的哀吟，
摇动灰茫茫的天边
那些光秃秃的森林。

柳德米拉含着绝望的眼泪，
被这景色吓得捂上脸。
唉，她的命运会怎么样？
跑到一扇银门跟前；
门发出乐声，自动开了，
我们的公主来到花园。
这座花园幽雅迷人：
比阿尔米达的花园还要漂亮，
胜过塔夫利达公爵的园林，
比得上所罗门王的御苑。

她面前一片雄伟的树林，
东摇西摆，沙沙作响；
前面一泓池水，水平如镜，
倒映出一排芳香的桃金娘，
雪松昂起高傲的树冠，
林荫路的棕榈整齐成行，
还有月桂林和橙子金黄。
重叠的小山、丛林和谷地
在明媚的春光里一片生机；
五月的风在迷人的田野上，
送来一阵阵宜人的凉意，
摇摇颤颤的树林的暗处，
中国黄莺声声鸣啼；
像钻石一样晶莹的喷泉
快活地喧响着，飞上云端；
下面的雕像闪闪发光，
冷眼看去，像活的一样。
福玻斯和帕拉斯的子孙——
菲迪亚斯来欣赏这些雕像，
终于丢下入迷的刻刀，
自恨不如，心中怅惘。
瀑布像珍珠和火焰的长虹
哗哗作响，倾泻而下，
撞上大理石，碎成水花。
林荫里蜿蜒曲折的小溪，
轻轻摇着梦一般的涟漪。
四季常青的树木葱茏，
掩映一座座敞亮的凉亭，

这正是寻幽和乘凉的地方；
到处盛开鲜艳的玫瑰，
沿着小径送来花香。
但是柳德米拉得不到安慰，
只管往前走，无心观赏；
这幻术的豪华令人讨厌，
这优美的景色她觉得凄凉；
她在魔园里转了一圈儿，
漫无目的，信步徜徉，
让痛苦的眼泪尽情流淌，
向着冷酷无情的苍天
抬起饱含忧愁的目光。
突然，她的明眸一亮，
把手指按在芳唇上；
好像产生了可怕的念头……
眼前出现一条险恶的路：
一座高高的桥横跨急流，
架在两个悬崖之间；
她悲痛欲绝，万念俱灰，
来到桥上，含着眼泪，
望着桥下滔滔的流水，
顿足捶胸，号啕大哭，
下定决心葬身清流——
不过，她并没有投河，
继续向前信步漫游。

我的美丽的柳德米拉
一清早就在太阳地里奔走，

疲乏极了，眼泪已哭干，
心想：到了吃饭的时候！
坐在草地上，四下张望——
突然头顶上出现一个帐篷，
哗啦啦张开，一片阴凉；
面前摆着丰盛的午餐；
明亮的水晶石做成的餐具；
一片寂静中，树枝后面
看不见的竖琴奏起乐曲。
被掳的公主好不惊奇，
她在心里暗暗思忖：
"远离爱人，遭到幽禁，
我还有什么心思活下去？
啊，你这个坏蛋，荒淫之极。
想方设法折磨我，捉弄我，
我才不怕你的法力无边：
柳德米拉会死给你看！
我不稀罕你的帐篷、
枯燥无味的音乐和酒宴——
我不给你吃，也不给你听，
我要死在你的花园之中！"
寻思一会儿——又吃得津津有味。

公主吃罢，站起身来，
霎时间，豪华的餐具、帐篷
和竖琴的声音……都杳无踪影；
周围又像从前一样寂静；
柳德米拉又是一个人

在花园里游荡，穿过树林；
这时，夜的女皇——一轮明月，
高高挂在碧蓝的天空；
夜色从四面八方袭来，
在群山上悄悄沉入梦境；
公主不由得感到困倦。
突然，一种不可知的力量
比春风还要轻巧温柔，
把她举起，凌空飞翔，
飘飘摇摇来到一座宫殿，
穿过黄昏的玫瑰花香，
把她小心翼翼地放到
充满忧伤和眼泪的床上。
霎时间，那三个姑娘又出现了，
围在她身边，一片忙乱，
临睡前为她卸下盛装，
但她们的目光忧愁而不安，
个个钳口结舌，默默无言，
偷偷流露出无限同情
和对命运的无力责难。
闲话少叙：公主睡眼惺忪，
她们轻轻脱下她的外衣，
只剩下一件雪白的衬衫，
露出不加修饰的美丽，
躺在床上，准备入睡。
姑娘们叹息着，行了礼，
匆匆忙忙退了出去，
随手把门轻轻关上。

我们的公主现在怎样？

浑身发抖，连气也不敢出；

胸口发冷，眼神恍惚；

一时的睡意全然消失；

她不敢睡，加倍警惕，

一动不动望着暗处……

一片昏暗，死一般的沉寂！

只能听到心儿扑扑跳……

就觉得……寂静在低语；

仿佛有人向床头走来；

公主把脸藏到枕头里——

突然……呀，多么可怕！……

果真响起杂乱的响声；

黑夜一下子被照得通明；

房门一下子突然打开；

一长排黑奴走了进来，

默默不语，步伐高傲，

马刀出鞘，闪闪发光，

一对一对，大模大样，

抬着一大把雪白的胡子

小心翼翼放在床上；

接着，门口出现一个小矮人，

弓腰驼背，昂着脖子，

神气十足，趾高气扬；

一顶高高的尖帽子。

卡在剃得光光的头上，

那把大胡子原来是他的；

等他一直走到床跟前，

公主突然从床上跳起，
手疾眼快，一把抓住
小矮人那顶尖帽子，
把哆哆嗦嗦的拳头举起，
惊慌失措地尖叫一声，
把黑奴吓得胆战心惊。
可怜小矮人又哆嗦又痉挛，
比惊慌的公主脸色还难看；
连忙捂住耳朵，拔腿想跑，
被大胡子绊了一跤，
跌倒在地，拼命挣扎，
刚站起来，又倒在地上；
见此大祸，黑奴慌了手脚，
你推我撞，吵嚷着乱跑，
大家抱起魔法师就走，
回去给他梳理胡子，
忘了柳德米拉手里的帽子。

可我们真正的勇士怎么样了？
您还记得那意外的邂逅？
奥尔洛夫斯基，快拿起你的妙笔，
描写一下夜色和战斗！
在闪烁不定的月光底下
两个勇士进行一场恶战；
他们心里都怒不可遏；
他们把长矛都抛得老远，
宝剑砍得碎成数段，
铠甲上都沾满了鲜血，

盾牌裂了，变成碎片……

他俩在马上扭打起来；

坐下的烈马拼命挣扎，

扬起的黑尘直冲霄汉；

两人扭在一起，谁也不能动弹，

彼此紧紧抱住，仍然骑在马上，

好像他俩被钉在了马鞍；

两人发狠，气得手发抖，

渐渐麻木，却死死抱住不放；

一团烈火在血管里奔腾，

胸膛贴着发抖的胸膛——

筋疲力尽，摇摇晃晃——

两虎相斗，必有一伤……

突然，我的勇士来了一股力量，

铁手一较劲，把敌人拉下马鞍，

用手一举，举到头顶上，

从岸边抛进滚滚波涛，

"你完蛋了！"他厉声喝道：

"你再凶恶，忌妒，叫你一命呜呼！"

　　你一定猜到了，我的读者，

勇敢的鲁斯兰是跟谁较量：

那人就是好斗成性的罗格代，

不过，他却是基辅人的希望，

是柳德米拉的阴郁的崇拜者。

他一路沿着第聂伯河岸

到处寻找情敌的踪迹，

终于找到了，一场恶战，

但武士失去了从前的力量，
于是，这个古罗斯的英雄
在荒野里找到可悲的下场。
据人传说，第聂伯河里，
有个年轻漂亮的女水妖，
把罗格代搂进冰冷的怀抱，
一边贪婪地吻着勇士，
一边拉进水底，哈哈大笑，
后来直到很久，每到黑夜，
这个勇士的高大幽灵
还在寂静的岸边游荡，
吓得孤单的渔夫心惊。

第三章

我的诗篇，你何必躲避
那些友善、幸福的知己！
不管怎么躲，你也逃不脱
那些愤怒的眼睛的妒忌。
有个苍白的批评家出于妒意，
向我提出一个致命的问题：
为什么把鲁斯兰的妻子
忽而叫作姑娘，忽而叫作公主？
是不是为了取笑她的夫婿？
我善良的读者，你看得清楚，
这是恶意的黑色印记！
你说说，非难古人的佐依尔，
我如何回答这样的挑剔？
不幸的批评家，你怎么不脸红？

上帝保佑你！我不和你论争；
我问心无愧，心安理得，
乐得谦虚和气，保持缄默。
可你会理解我，克利梅娜，
你会垂下忧伤的眸子，
你是讨厌的许门的牺牲品……
你的心能领会我的诗，
你的泪水偷偷洒在诗行上，
你脸红了，两眼无神；
默默叹口气……我理解这叹息！
忌妒的丈夫，小心倒霉的时辰；
阿摩尔会和任性的恼怒
大胆勾结，串通一气，
为你那不光彩的脑袋
准备一顶报复的绿帽子。

在北国群山的山巅上
寒冷的早晨已露出曙光；
奇异的城堡里却一片沉寂。
黑海神暗自恼恨不已，
没戴帽子，只穿睡衣，
怒气冲冲在床上打哈欠。
一群黑奴默默无言
围在他的白胡子旁边，
用象牙梳子轻轻梳理
他那弯曲虬结的胡子；
然后，为了保养和漂亮，
在他那没尽头的胡子上

浇洒几滴东方的香水，
把胡子卷成巧妙的鬈儿；
突然，不知来自何方，
一条长翅膀的蛇从窗口进来，
把铁鳞弄得哗啦啦响，
随即一下子盘成圈儿，
在惊呆了的众人面前
突然变成纳伊娜模样。
"你一向可好，"纳伊娜说道，
"我早已敬仰的同行！
久闻黑海神的赫赫大名，
如雷贯耳，十分敬仰；
但如今，神秘的命运使我们
同仇敌忾，密不可分；
你眼看要大祸临头，
你头上笼罩一片乌云；
而我，为了被侮辱的人格，
也要向他们报仇雪恨。"

小矮人向她伸出手来，
两眼露出狡黠的谄媚，
他说："美丽无比的纳伊娜！
你愿联合，对我十分可贵。
我们要揭穿芬兰人的阴谋，
不过，我不怕阴险的诡计：
我不害怕这个软弱的敌人；
告诉你说，我天生走运：
黑海神的胡子可不白长，

它常给我带来幸福。

直到现在，敌人的宝剑

还砍不断我这把宝贝胡子，

不管多剽悍的勇士，

不管哪个凡夫俗子，

都破不了我的小小机关；

柳德米拉永远属于我，

定叫鲁斯兰命丧黄泉！"

老巫婆阴郁地重复说：

"叫他完蛋！叫他完蛋！"

然后，咝咝连叫三声，

又发狠地跺了三脚，

变成一条黑蛇，杳无踪影。

老巫师受到老巫婆的怂恿，

穿上一件锦缎法衣，

容光焕发，满面春风，

又决意向被俘的姑娘

献上胡子、顺从和爱情。

白胡子矮人经过打扮，

又来到公主住的宫殿；

他穿过一排排空房子：

不见公主。他直奔花园，

走进月桂林，来到栅栏跟前，

顺着湖畔，绕过瀑布，

桥底下，凉亭里……依然不见！

公主跑了，连个影儿也没有！

谁能描绘他的惶惑不安、

鬼哭狼号和发狂的颤抖！
小矮人气得直发昏，
发出一阵疯狂的呻吟：
"快来，你们这些奴才！
快来，我就指望你们了！
马上把柳德米拉给我找来！
快快！听见了吗？马上找来！
不然，你们跟我开玩笑，
我用胡子把你们拍死拉倒！"

　　读者，要不要我讲给你，
美丽的公主藏在哪里？
这一夜，她怨自己命苦，
哭哭啼啼——又破涕为笑。
那把大胡子令她害怕，
但黑海神，她已经领教，
他那副样子十分可笑，
而恐惧和欢笑不能同调。
早晨的阳光一上东窗，
柳德米拉就起了床，
她的目光不禁对着镜子，
那面镜子又高大又明亮；
不禁拢起金色的鬈发，
露出肩头，好似百合花；
不禁又漫不经心地
把厚厚的头发梳成辫子；
无意中在墙角上发现了
她昨天穿的那身衣裳；

叹了口气，只好穿上，
气得她只好悄悄哭泣；
但是，她一边轻轻叹息，
一边目不转睛地瞧着镜子，
姑娘的想法千奇百怪，
她突然想起一个念头，
把黑海神的帽子戴戴。
四周无人，鸦雀无声；
没人偷窥姑娘的举动……
十七岁的少女正当年，
不管戴什么帽子都好看！
不管什么时候，忘不了打扮。
柳德米拉把帽子转来转去，
卡到眉毛上，正戴歪戴，
最后干脆倒过来戴。
怎么了？啊，古时候的奇迹！
柳德米拉在镜子里不见了；
把帽子往前转——镜子里
又是原来的柳德米拉；
往后一转——又看不见了；
她一笑——镜子里也有笑脸！
"真棒，魔法师，这回瞧着吧！
这回我在这儿十分安全，
这回我可摆脱了他的纠缠！"
公主乐得满面红光，
把老魔法师的帽子
干脆倒着戴在头上。

现在再回头看看英雄，
不然，讲了半天帽子和胡子，
把鲁斯兰交给命运不管，
我们是不是太不够意思？
且说他跟罗格代恶战一场，
然后穿过苍郁的森林，
前面，在晨空的光辉中
有一片山谷，广阔无垠。
勇士不禁打了一阵寒战：
原来这是一片古战场，
一眼望去，一片荒凉；
到处是骨骸，已经发黄；
岗上扔着铠甲和箭袋；
还有生锈的盾牌和马套；
这里，在手骨里有一把剑；
那里，头盔长了草，好像长毛；
头盔里陈年骷髅已腐烂；
还有个勇士的整副骨架，
跟他坐下被打死的战马
都一动不动，躺在一边；
长矛和箭都插进湿土地里，
和平的常青藤盘绕而生……
没有什么能够打破
这荒凉草原无声的平静，
只有太阳从明净的高处
照耀着这死亡的山谷。

勇士叹息着，用悲戚的目光

把周围的田野打量一番。
"啊，大地呀，大地，是谁
把这些骨骸撒在你上面？
在那场血战的最后时刻
谁的战马曾在这儿奔跑？
是谁光荣地牺牲在这儿？
上帝听见了谁的祈祷？
大地，你为什么默默不语，
在你上面长满遗忘的荒草？……
也许，我也将难以逃脱
那岁月的永恒的湮没？
也许，在这寂静的山丘上
将为鲁斯兰修一座平静的坟墓，
歌手巴扬的响亮琴弦
将不会把他的故事讲述！"

　　但我的勇士马上想起
英雄得有利剑和甲胄；
而他在最后一场战斗中，
杀得一件兵器也不剩。
他在野地里转来转去，
找遍了灌木丛和骨头堆，
一大堆烂了的锁子甲
以及宝剑和破碎的头盔，
他想找一副能用的铠甲。
轰响声把沉默的草原惊醒，
旷野里一片噼啪和叮当声；
他随便拾起一个盾牌，

找到了头盔和响亮的号角，
只是宝剑还没找到。
他骑马把战场走个遍，
看到许许多多宝剑，
可是它们不是小，就是轻，
美公爵跟现代的勇士不同，
他可不那么软弱无能。
实在找不到，出于无奈，
只好把一件钢矛拿在手中，
又把锁子甲系在胸前，
然后继续赶奔前程。

在沉睡着的大地上空，
殷红的晚霞渐渐暗淡；
蓝色的夜雾到处迷漫，
金色的月亮刚刚东升；
草原黑了。我们的鲁斯兰
满腹心事，走着黑路，
就见：透过茫茫夜雾，
远处有个黑糊糊的大土岗，
一个可怕的怪物在打呼噜。
他越走越近——就听到：
奇怪的土岗好像会喘气。
鲁斯兰一边听，一边瞧，
毫不惊慌，镇定自若，
战马却摇起惊慌的耳朵，
直往后退，浑身颤抖，
连鬃毛都一齐竖立起来，

不住摇晃遒劲的头。
突然，月亮钻出了云彩，
雾里的土岗照得依稀可辨，
勇敢的公爵看个明白——
眼前的东西令人骇怪。
我该怎样加以形容和描绘？
原来是个活蹦乱跳的脑袋。
在梦中紧闭着两只大眼睛，
一边打呼噜，一边摇头盔，
头盔的羽毛在黑暗中
像幽灵似的摇头摆尾。
大头壳有一种恐怖的美，
耸立在阴沉沉的草原上，
四周被一片寂静所包围，
好像是无名荒野的卫士，
鲁斯兰见它是会喷云吐雾、
样子凶恶的庞然大物。
鲁斯兰感到莫名其妙，
想打破它那神秘的梦，
走到近前，看个究竟，
围着大头壳转了一圈儿，
在鼻子前面默默站定；
用长矛搔搔它的鼻孔，
大头壳皱皱眉，打个哈欠，
睁开眼睛，啊嚏一声……
刮起一阵旋风，草原发抖，
尘土飞扬，从睫毛、胡子
和眉毛上飞起一群猫头鹰；

寂静的树林被它惊醒，

回声也打个啊嚏——烈马

乱蹦乱叫，被刮得老远，

勇士好容易在鞍上坐稳，

接着响起一个洪亮的声音：

"你这个糊涂勇士，哪里闯？

快快走开，我不是开玩笑！

我一口把你个无赖吞掉！"

鲁斯兰轻蔑地回头瞧瞧，

手拉马嚼子，勒住了马，

神气活现地冷冷一笑。

"你来找我有什么事？"

大头壳皱着眉，高声大叫。

"没想到命运送来这么个客人！

听我良言相劝，快快滚开！

现在是深夜，我要睡觉，

再见！"但是有名的勇士

听到这一番胡言乱语，

怒气冲冲地厉声喝道：

"住嘴，你这无知的大头壳！

我从前听到过一句大实话：

别看脑门儿大，可惜智慧少！

我一个劲儿走，并不打呼哨，

要是碰到谁，也决不轻饶！"

　　大头壳气得哑口无言，

暴跳如雷，怒火中烧，

紧绷着脸；血红的眼睛

像火炭一样炯炯闪耀；

嘴吐白沫，嘴唇哆嗦，

口里和耳朵喷出热气——

突然，大头壳鼓足了劲，

向勇士一个劲儿吹气；

鲁斯兰的马眯起眼睛，

低垂着头，紧挺着胸，

迎着旋风、暴雨和黑夜，

踉踉跄跄继续往前行；

马被吓坏了，两眼发花，

筋疲力尽，又拼命奔跑，

跑到远处去休息一下。

勇士还想往上冲一次——

又给吹回来，毫无办法！

可大头壳朝他的背影，

像疯了似的，大笑大叫：

"啊，勇士，你算什么英雄！

哪里跑？且慢，且慢，站住！

喂，勇士，小心白白送命；

别气馁，骑士，趁马没累死，

你哪怕还上那么一招，

也让我老头儿高兴高兴。"

大头壳想用大话吓人，

故意气气我们的英雄。

鲁斯兰把恼怒藏在心，

悄悄举起长矛向它逼近，

用空着的手把长矛一抖，
冰冷的矛尖摇摇颤颤
刺进口出狂言的舌头。
霎时间，从它那疯狂的嘴里
鲜血迸溅，像河一样流。
大头壳又惊、又疼、又气，
顿时收敛了嚣张气焰，
两眼呆呆望着公爵，
脸色苍白，咬住矛尖。
我们的舞台有时也是这样：
墨尔波墨涅的蹩脚门生
被突然的呼哨震得发蒙，
失去镇静，焦灼不安，
他已经什么也看不清，
脸色苍白，忘记了台词，
哆哆嗦嗦地把头低下，
在哄堂大笑的观众面前，
结结巴巴说不出来话。
勇士利用有利的时机
像鹞子一样迅猛异常，
向惶惑的大头壳扑去，
高高举起可怕的巴掌，
甩动他那沉重的手闷子，
用力打在大头壳脸上。
这一掌传遍了草原；
周围落满露珠的草上

被血沫子染得通红，

大头壳被打得晃了晃，

骨骨碌碌滚动起来，

铁头盔撞得叮当响。

于是，在大头壳空出的地方，

一把勇士的宝剑闪闪发光。

我们的勇士抓起宝剑，

乐得发抖，心生恶念：

沿着鲜血淋淋的草地

朝着大头壳匆匆奔去，

要砍掉它的耳朵和鼻子；

鲁斯兰已经准备下手，

他已经举起宽刃宝剑——

突然大吃一惊：大头壳

哀求的呻吟十分可怜……

他慢慢地把宝剑放下，

心中的暴怒渐渐平静，

他的心被哀求打动了，

疯狂的复仇心消失干净，

犹如正午的烈日照耀，

山谷的冰雪立即消融。

　　"你使我清醒了，英雄，"

大头壳叹息了一声说：

"你这一巴掌证明了，

方才的事，完全怪我；

从今以后，我听你吩咐；
但勇士，你也要宽宏大度！
我的命运也真够悲惨。
从前，我也是个豪放的勇士，
我经历过许多次血战，
却从来还没遇到对手；
要不是我弟弟的忌妒，
我本来可以得到幸福！
阴险歹毒的黑海神啊，
都是你把我害得这么苦！
他生来矮小，还有胡子，
成为我们家门的耻辱，
而我从小就长得魁梧，
他一见我，就气得不得了，
他又生性残忍凶狠，
暗暗把我记恨在心。
而我从向头脑单纯，
虽说长得高大。这个丑八怪
个子虽然那么一点点，
像鬼一样灵，心又特坏，
再说，也是活该我倒霉，
他那把大胡子也真奇怪，
有一种天生的神奇力量。
所以他才那么眼空四海，
只要他的胡子没受损伤，
他什么坏事都干得出来。

有一次，他装作要好，

狡猾地说：'你听我说，

有件大事，你可别推托，

我在魔法书里看见，

说是在东方高山那面，

在大海平静的海岸

有个古洞，里面锁着宝剑——

你说怎么着，这剑真可怕！

我看懂了魔法书的深奥，

原来命运专跟我们作对，

这把剑我俩注定要见到；

而且还要把我俩毁掉：

它要砍掉你的脑壳，

还要砍断我的胡子，

你想想，我们多么有必要

把这恶鬼炼的剑搞到！'

'嘿，这算什么？有什么困难？'

我对小矮人说，'我愿意去，

哪怕走遍了天涯海角。'

我把一棵松树扛在肩上，

另一肩驮着那个坏蛋兄弟，

为的是让他给我指路；

于是踏上遥远的路程，

走哇，走哇，谢天谢地，

好像跟魔法书的预言相反，

开头，一切都很顺利，

在很远很远的大山背后，
我们找到了要命的山洞，
我用手扒开了洞口，
找到了那把珍藏的宝剑！
但是不行，命运有意
挑起我们之间的争端——
老实说，这场争执很大！
问题是谁该得到这把剑？
我说我的理，矮子着急；
我们这么争论了很久；
鬼东西到底心生诡计，
他不作声，好像消了气。
'让我们停止无益的争吵，'
黑海神郑重其事地对我说，
'那会使我们的合作失色；
理智叫我们和睦生活；
现在我们让命运来决定
这把剑应该归谁所有。
我们俩把耳朵贴在地上
（歹毒就生出诡计阴谋！）
谁要头一个听到响声，
这把宝剑就永远归他。'
说完，他先在地上趴下。
我傻乎乎地也趴在地上，
躺了一阵，听不到声响，
有主意了：我骗他一下！

没想到，自己上了大当！
这个坏蛋趁鸦雀无声
爬起来，蹑手蹑脚走到近前，
偷偷到我身后，举起宝剑，
像旋风似的，嗖地一下，
还没等我回过头来，
我的脑袋已经搬了家——
多亏一种超自然的力量
使我的头保住了生命。
我的躯体已荆棘丛生；
在被人遗忘的遥远地方，
我的骨骸在暴露、腐烂。
恶毒的矮子却把我的头
送到这荒无人迹的草原，
让我永远在这里看守
今天你得到的这把宝剑。
啊，勇士，你受到命运庇护，
你就拿去吧，上帝保佑！
也许，在你前面的路途
会遇到这个矮子魔法师——
啊，你要真能见到他，
你要惩罚他的阴险毒辣！
我大仇已报，无比幸福，
我将平静地离开世上——
对你的大德感恩不忘，
不再计较你这一记耳光。”

王士燮　译

▎情境赏析 ▎

《鲁斯兰与柳德米拉》的创作所依靠的是民间文学及十八世纪那些研究英雄歌和童话的诗人的经验，因而这篇作品，是基于童话、英雄颂歌的主题而写成的，所以诗里有幽默和民间语言的成分。这篇长诗无论在形式上或是在内容上都是一篇新诗，和老的古典主义的诗是对立的。在这篇诗里，普希金采用了每行四个音节的抑扬格韵律，他把这种形式研究到非常完美的地步，而且运用得非常自如。在长诗里普希金也利用斯拉夫词语和俗话，但他的语言的基本成分是流畅的口语，并加以诗的美化。诗里既没有消极的浪漫主义的那种神秘朦胧的性质，也没有古典主义中的严肃、冷静或是夸张。从容、自然，这是普希金的天才所创造的真正浪漫主义作品的特点。

▎名家点评 ▎

普希金为他第一次巨大的诗作所选择的诗体不能不引起注意：它是简洁的，符合于事物的青春火炽的感情，对于同时代人它是表示着从当时一代作家的冗长的诗行中解放出来……

——（苏）波列沃伊

《渔夫和金鱼的故事》于 1833 年 10 月 14 日在波尔金诺写成，1835 年在《读书文库》第五期上首发。它的取材也是来自民间故事，同时又借鉴了德国格林兄弟的童话。这篇童话诗是诗人最优美、动人的童话之一，在世界上广为传颂。

从前有个老头儿和他的老太婆，
住在蔚蓝的大海边；
他们同住在一所破旧的小泥棚里，
整整地过了三十又三年。
老头儿出去撒网打鱼。
老太婆在家纺纱织线。
有一次老头儿向大海撒下网，——
拖上来的是一网水藻。
他再撒了一次网，——
拖上来的是一网海草。
他又撒下第三次网，——
这次网到了一条鱼，
不是一条平常的鱼，——是条金鱼。
金鱼苦苦地哀求！
她用人的声音讲着话：
"老爹爹，你把我放回大海吧！
我要给你贵重的报酬：

为了赎回我自己，你要什么都可以。"
老头儿大吃一惊，心里还有些害怕：
他打鱼打了三十又三年，
从没有听说鱼会讲话。
他放了那条金鱼，
还对她讲了几句亲切的话：
"上帝保佑你，金鱼！
我不要你的报酬；
回到蔚蓝的大海里去吧，
在那儿自由自在地漫游。"

老头儿回到老太婆那儿去，
向她讲起这件天大的怪事情。
"我今天捉到一条鱼，
是条金鱼，不是条平常的鱼；
这条鱼讲着我们的话，
请求我把她放回蔚蓝的大海，
她要拿贵重的代价来赎回她的身子：
为了赎回她自己，我要什么都可以。
我不敢要她的报酬；
就这样把她放回蔚蓝的大海。"
老太婆指着老头儿就骂：
"你这个蠢货，真是个傻瓜！
你不敢拿这条鱼的报酬！
就是向她要一个木盆也好，
我们的那个已经破得不成话。"

于是老头儿就走向蔚蓝的大海；

看见，——大海在轻微地波动起来。
他就开始呼唤金鱼，
金鱼向他游过来，问道：
"你要什么啊，老爹爹？"
老头儿向她行了个礼，回答道：
"鱼娘娘，你做做好事吧！
我的老太婆把我大骂，
不让我这个老头儿安静：
她想要一个新木盆；
我们那个已经破得不像话。"
金鱼回答道：
"用不着难过，去吧，上帝保佑你，
你们马上就会有个新木盆。"

　　老头儿回到老太婆那儿去，
看见老太婆果然有了一个新木盆。
这次老太婆骂得更厉害：
"你这个蠢货，真是个傻瓜！
只要了一个新木盆，你真蠢！
木盆能有多大用处？
蠢货，滚回到金鱼那儿去；
向她行个礼，向她要座木房子。"

　　于是老头儿又走向蔚蓝的大海
（蔚蓝的大海发起浑来）。
他就开始呼唤金鱼，
金鱼向他游过来，问道：
"你要什么啊，老爹爹？"

老头儿向她行了个礼，回答道：
"鱼娘娘，你做做好事吧！
老太婆骂得我更厉害，
不让我这个老头儿安静：
爱吵闹的婆娘要座木房子。"
金鱼回答道：
"用不着难过，去吧，上帝保佑你，
就这样吧：你们准会有座木房子。"

老头儿走向自己的小泥棚，
小泥棚已经无影无踪；
在他的面前，是座有明亮的房间的木房子，
装着砖砌的白烟囱，
还有橡树木板钉成的大门。
老太婆坐在窗下，
指着丈夫就破口痛骂：
"你这个蠢货，真是个地道的傻瓜！
只要了座木房子，你真傻！
滚回去，向金鱼行个礼说：
我不高兴再做平凡的农妇，
我要做个世袭的贵妇人。"

老头儿又走向蔚蓝的大海
（蔚蓝的海水不安静起来）。
他就开始呼唤金鱼，
金鱼向他游过来，问道：
"你要什么啊，老爹爹？"
老头儿向她行了个礼，回答道：

"鱼娘娘，你做做好事吧！
老太婆的脾气发得比以前更加大，
不让我这个老头儿安静：
她已经不高兴再做农妇，
她要做个世袭的贵妇人。"
金鱼回答道：
"用不着难过，去吧，上帝保佑你。"

　　老头儿回到老太婆那儿去。
他看见了什么？原来是座高大的楼房。
他的老太婆站在台阶上，
身上穿着名贵的貂皮背心，
头上戴着锦绣的帽子，
珍珠挂满了颈项，
手上尽是金戒指，
脚上还穿着一双红色的小皮靴。
站在她前面的，是勤恳的奴仆；
她鞭打他们，揪住他们前额上的头发。
老头儿对他的老太婆说道：
"你好啊，可敬的贵妇人！
大概，你的小心儿现在总该满足了吧。"
老太婆骂了他一顿，
就把他派到马房里去干活儿。

　　过了一周又一周，
老太婆的脾气发得更厉害，
她再派老头儿到金鱼那儿去。
"滚回去，向金鱼行个礼说：

我不想再做世袭的贵妇人，
我要当个自由自在的女皇。"
老头儿吓了一跳，恳求道：
"你怎么啦，婆娘，难道发了疯？
走路，说话，你都不会！
你要惹得全国上下哈哈大笑。"
老太婆气得怒火冲天，
就打了老头儿一个嘴巴。
"土佬儿，你胆敢跟我，
跟我这个世袭的贵妇人顶嘴？——
滚到海边去，老实对你说：
你不去，也得押着你去。"

　　小老头儿跑向大海
（蔚蓝的海水变得阴暗起来）。
他就开始呼唤金鱼，
金鱼向他游过来，问道：
"你要什么啊，老爹爹？"
老头儿向她行了个礼，回答道：
"鱼娘娘，你做做好事吧！
我的老太婆又在大吵大嚷：
她已经不高兴再做贵妇人，
她要当个自由自在的女皇。"
金鱼回答道：
"用不着难过，去吧，上帝保佑你！
好吧！老太婆就会变成女皇！"

　　小老头儿回到老太婆那儿去。

怎么回事？在他的面前是皇家的宫殿。

他看见他的老太婆在宝殿里面，

她当了女皇，坐在桌旁，

侍奉她的都是大臣和贵族，

给她斟满外国来的美酒；

她吃的是印着花纹的糕饼；

一群威武的卫兵站在她的周围，

肩上都扛着斧头。

老头儿一看，——吓了一大跳！

连忙对老太婆双膝跪倒，

说道："你好啊，威严的女皇！

呶，你的小心儿现在总该满足了吧。"

老太婆看都没看他一眼，

就吩咐左右把他从眼前赶开。

大臣和贵族们都奔过来，

抓住老头儿的脖子推出去。

到了大门口，卫兵们又赶过来，

差点儿用斧头把他砍死。

人们都在嘲笑他：

"老糊涂，真活该！

对于你，糊涂虫，这是个好教训：

一个人应该安守本分！"

过了一周又一周，

老太婆的脾气发得更厉害。

她派了朝臣去找她的丈夫，

他们找到老头儿，带到她的面前来。

老太婆对老头儿说：

"滚回去，向金鱼行个礼说：
我不高兴再当自由自在的女皇，
我要当海上的女霸王，
这样我就可以生活在大海洋上，
让金鱼来侍奉我，
还要她供我使唤。"

　　老头儿不敢违抗，
也不敢说什么话来阻挡。
于是他就走向蔚蓝的大海，
看见在海面上起了黑色的大风浪：
激怒的波涛翻动起来，
在奔腾，在怒吼。
他就开始叫呼金鱼，
金鱼向他游过来，问道：
"你要什么啊，老爹爹?"
老头儿向她行了个礼，回答说：
"鱼娘娘，你做做好事吧！
我怎么才能对付我那个该死的婆娘？
她已经不高兴再当女皇，
她要当海上的女霸王：
这样她可以生活在大海洋上，
你亲自去侍奉她，
还要供她使唤。"
金鱼什么话都没有讲，
只用尾巴在水里一划，
就游进了深深的大海。
老头儿长久地站在海边等候回音，

没有等到，就走回到老太婆那儿去——
一看：在他的面前仍旧是那所小泥棚；
他的老太婆正坐在门槛上，
摆在她前面的，还是那个破木盆。

戈宝权　译

情境赏析

　　《渔夫和金鱼的故事》在艺术上代表了普希金童话诗创作的杰出成就。首先，以简洁、淳朴的语言表现了深刻的内容：如对老太婆变成贵妇和女皇后生活的描写等都很少用美丽的辞藻去雕饰、渲染，更没有插入议论、说明，而以语言的简练、淳朴感染读者。其次，以丰富的想象构成奇幻的情节。全诗的情节离奇变幻，想象力极为丰富，如老渔夫打到会说话的金鱼，便出现了蓝色的大海、破旧的小屋、高大的楼房、一座皇宫等。再次，以现实生活为基础的幻想塑造理想的形象。作者用拟人化的手法描写了一个可爱动人的金鱼形象，它履行诺言，忍受老太婆的无理，同情老渔夫。金鱼的品质正是现实生活中人们的幻想，是人民的愿望、意愿。

名家点评

　　普希金对形容词是一向吝啬的，尤其在童话诗里。

——（苏）马尔夏克